FLOR DE LÓTUS

DO VENTRE AO CAOS

SILVIO ACIOLI

FLOR DE LÓTUS

DO VENTRE AO CAOS

partners
coerência

DIREÇÃO EDITORIAL
Lilian Vaccaro

PRODUÇÃO GRÁFICA
Giovanna Vaccaro

PREPARAÇÃO
Fernanda Dias

REVISÃO
Laryssa Fazolo

CAPA
Sara Ventuan

DIAGRAMAÇÃO
Michael Vasconcelos

DADOS INTERNACIONAIS DE CATALOGAÇÃO NA PUBLICAÇÃO (CIP)

Acioli, Silvio.
Flor de Lótus / Silvio Acioli. – 1ª edição – São Paulo: Coerência, 2021

ISBN: 978-65-87068-93-0

1. Ficção brasileira 2. Fantasia sombria I. Título

CDD: 869.3

Grupo Editorial coerência

partners coerência

São Paulo
Avenida Paulista, 326,
cj 84 - Bela Vista
São Paulo | SP – 01.310-902
www.editoracoerencia.com.br

NOTA

Este livro de ficção trata sobre o delicado assunto do suicídio.

É construída aqui uma mitologia própria sobre o tema, sem base em nenhuma religião específica.

Por ser uma fantasia, não tem intenção de influenciar ou ditar regras de conduta do leitor, preservando-se o direito de ser apenas um entretenimento.

Se você ou alguém que conheça sofre com esse assunto, por favor, procure o Centro de Valorização da Vida (CVV). Telefone: 188.

Para os enamorados que em suas desventuras
se perderam e para sempre deixaram de existir.

"Tive a sensação de vislumbrar a dimensão do mundo
quando experimentei ver pelos teus olhos"

Joana D'Arc

AGRADECIMENTOS

Um dia me disseram que todo mundo, antes de morrer, deveria plantar uma árvore, escrever um livro e ter um filho. Bom, receio que deixarei um desses itens devendo, mas não poderia deixar de registrar aqui minha imensa gratidão por algumas pessoas que ajudaram na realização deste sonho.

Tenho certeza de que todas, sem exceção, tiveram sua importância para que eu pudesse concluir esta obra. Infelizmente, algumas dessas pessoas já morreram, outras, por mais que ainda estejam respirando, se fazem de mortas. Mas agradeço profundamente toda experiência de vida, ou de quase morte.

Para minha família, gratidão eterna! Por sempre acreditar em mim e me incentivar na busca constante de meus sonhos. Ao apoio incondicional nos obstáculos da vida, e por nunca me deixarem desistir de acreditar em dias melhores.

Em especial, agradeço também aos meus amigos Lucas Cota e Tiago Flavia, ambos tiveram a chance de acompanhar os primeiros capítulos e me incentivaram bastante com críticas bem construtivas, sem dúvida suas opiniões foram de suma importância para que eu tivesse dado continuidade e, assim, concluir esta obra.

Por último, e não menos importante, Marcio Zanini. Um anjo endiabrado que surgiu nos acréscimos do segundo tempo do desenvolvimento desta obra me mostrando o caminho das pedras. Escritor consolidado com duas obras publicadas, tive o privilégio de tê-lo como mentor nesta reta final.

Para todos que cito aqui e tantos outros que de alguma forma me ajudaram na realização desta conquista, meu eterno agradecimento!

PREFÁCIO

O mundo real pode ser tão cruel quanto os pesadelos. Aquele que construímos com intensa dor.

Podemos cultivar momentos bons ou ruins e construir alicerces para crescer com sabedoria, porém, escolhas erradas podem tornar o processo difícil e, se não soubermos lidar com as adversidades, sucumbimos.

Os livros sagrados, nas variadas religiões, contam histórias sobre o pós-morte, mas tudo não passa de especulação. As pessoas criam histórias que confortem, causem medo ou apenas que tentam explicar o que não compreendem.

Costumava me perguntar se teria outra vida depois desta. Talvez não me desse nem conta de estar morto: como um salto no tempo. Seria projetado para dentro do ventre de alguma espécie em início de gestação? Ou teria consciência do que me acontecera e vagaria em um mundo paralelo, observando tudo e todos, sem poder interagir com absolutamente nada e ninguém por toda minha existência espírita?

Ainda acredito que possa ser muito pior. Sua morte reflete exponencialmente os fatos que você teve em vida, dependendo, o plano espiritual apresentaria o verdadeiro paraíso, ou o mais temido inferno.

Essa teoria pode ser discutida em vários meios religiosos, mas, se fosse verdadeira, paraíso e inferno seriam apenas consequências do que se faz em vida, e o próprio indivíduo seria o principal arquiteto deste mundo majestoso. Não existiria para onde fugir: seria apenas uma criação do subconsciente.

Não se trata de criar múltiplas personalidades, mas de uma fuga daquela realidade que não se pode mais sustentar. Em um mundo em que desde o nascimento somos ensinados a dar o nosso melhor, trabalhar pelo enriquecimento alheio e aceitar humilhação em várias esferas da vida — no amor, na amizade e até na família —, o sorriso se apaga sem que se note. Ao perceber, fomos excluídos de uma sociedade da qual nem sequer fizemos parte. Mas isso não é de hoje. Na ideia de que cada indivíduo é uma ilha, nos distanciamos cada vez mais do propósito real da vida.

Ser desvalorizado é cruel; a rejeição é uma tortura. Na dor do cotidiano, vive-se no anseio por um amanhã melhor, e os dias se tornam fardos. Passa-se a viver como em uma peça de teatro, disfarçando a dor atrás dos olhos marejados e, minuto a minuto, esvai-se a vida que tinha tudo para brilhar.

Todos os dias conhecemos alguém que esteja na lama, numa sujeira invisível. O egoísmo não nos permite enxergar o tamanho do limo, ou estender a mão, e todo maldito dia alguém especial morre. Para quem continua vivo, sobra a culpa por não ter feito o suficiente.

Novos ciclos se iniciam constantemente. Novas e incontáveis vidas. Boas ou ruins serão apenas questão de sorte.

I

Já fui chamada de muitos nomes. Vagabunda, Joana, puta, vadia. Todos os dias, quando acordo, penso em qual serei hoje.

– Joana! Acorda, desgraçada. Não trabalho noite após noite para sustentar seu vício – esbravejou a mãe.

– Porra, me deixa... – resmungou de volta.

Pelo menos ela começou o dia pelo meu nome.

– Levanta desta cama agora, infeliz. Não ouse me responder ou te quebro os dentes.

Joana tenta ignorar a mãe que, irritada, arremessa o primeiro objeto que encontra. O despertador acerta a cabeça da garota, fazendo o som seco da pancada no osso ecoar pelo quarto.

– Você ficou louca? Olha o que você fez – gritou assustada com a ousadia.

Joana pulou da cama com os instintos de defesa ligados. Levou a mão à testa, conferindo os dedos com sangue em seguida.

– Esse *cortinho* não se compara ao desgosto que sinto. – Finalizou com expressão satisfeita, antes de sair do quarto.

Joana correu até o banheiro do lado de fora da humilde casa. O lavabo era precário, a porta quase caindo, apenas uma bacia contendo água escura. Joana não percebeu no instante em que acordou, mas já não estava na mesma residência que conhecia havia tantos anos. Só notou o disparate enquanto urinava.

Não reconheceu o lugar, não reconhecia seu reflexo na poça d'água no chão sujo.

Sua mãe continuava gritando palavras de ordem ao longe. Tão logo um barulho foi se misturando com os berros, transformando-se em estrondos, aproximando-se do banheiro, sobressaindo os gritos, reverberando gravemente em seus tímpanos, cada vez mais próximo da porta.

Assustada com o desconhecido, aquele banheiro sujo e caindo aos pedaços tornou-se seu refúgio, sua única proteção contra aquilo que se aproximava.

Até que o barulho parou ao lado, e ela escutou o lamento.

— Joana, venha aqui, meu amor, preciso muito te dar um abraço. Eu te imploro. Eu te amo demais.

A mulher de antes tinha a face da mãe, mas o comportamento era mais agressivo do que de costume. Ela jamais lhe causara danos físicos além dos psicológicos. Aquela não era sua mãe, não mesmo. Essa que agora falava parecia mais real.

Joana começou a chorar, imersa em um pesadelo sem precedentes. Sem saber a quem recorrer, não teve alternativa a não ser abrir a porta, mas não havia mais ninguém ali.

— Mãe? O que está acontecendo? Onde você está? — suplicou, dando os primeiros passos ao desconhecido.

— Aqui, minha filha, aqui. — O tom risonho da resposta fez Joana voltar à realidade de que não deveria confiar na mulher.

Desesperada, andava desordenada pelo enorme quintal rodeado por uma floresta tão escura quanto a noite mais trevosa, tendo agora como companhia somente os gemidos de animais ao redor.

— Minha filha, minha filha, minha filha! 1, 2, 3, 4 e 5: onde está você, minha filha? — a mãe perguntou.

O medo tomava conta de seu corpo. Desesperada, viu a imagem de seu pai na escuridão da floresta e correu em sua direção. Uma força maior a guiava, o medo do desconhecido era menor do que a ideia de confrontar a mulher, que já demonstrara ter perdido toda a sanidade.

Joana atravessou o limite do quintal e invadiu a floresta. Não enxergava mais de dois metros à frente e, mesmo assim, continuou correndo enquanto os gritos da mulher que a procurava ficavam mais distantes.

— Seja bem-vinda, minha filha. Seja bem-vinda à minha casa.

Uma poderosa e imponente voz se manifestou no ar. Joana, ao se deparar com o som, tropeçou numa pedra, bateu a cabeça numa árvore e caiu, inconsciente.

2

— Joana, acorda, meu amor. Preciso de sua ajuda, nossa casa está alagando. Por favor, acorda. — O homem chacoalhava o ombro dela.

— Hum? Nossa casa, alagada? Como assim? — Joana tentava sobressair à indolência.

— Sim, nossa casa! Na verdade, sua casa. Moro de favor aqui já faz três anos, né? — respondeu a voz masculina.

— Não sei o que está acontecendo! Não sei quem é você! Aliás, quem é você? — perguntou assustada.

— Você não está me reconhecendo? — o homem gargalhou.

— Por favor, responda — Joana pediu com seriedade.

— Menina, bebeu demais ontem à noite e não está conseguindo lembrar-se do próprio pai? — perguntou rindo.

— Meu pai morreu quando eu tinha apenas sete anos de idade. — Contorceu a face.

— Do que você está falando? Estou aqui, em carne e osso. Quem faleceu quando você tinha sete anos foi sua mãe, minha amada esposa. Que Deus a tenha — retrucou o pai, sério.

— Não! Minha mãe? Ela está viva! Muito viva por sinal, ontem mesmo fomos à igreja para a missa do sétimo dia da morte de minha vó; sua mãe, aliás. Não, meu pai morreu há muitos anos...

onde está minha mãe? – Ela se levantou, esbaforida. – Mãe? Onde você está?

– Minha filha, acredite em mim, por favor. – Segurou-a pelos ombros. – Só Deus sabe o quanto gostaria que sua mãe estivesse aqui conosco, mas ela não está. Ela partiu há anos, alguém nos privou de tê-la conosco e isso me destrói todo santo dia. Quanto à minha mãe, como assim você foi à missa do sétimo dia? Eu nunca conheci minha mãe, como saberia se era católica ou não? Você estava sonhando?

– Senhor, eu não te conheço! Nunca sequer o vi na vida! Deixe-me ir. – Livrou-se das mãos dele.

– Absolutamente não! Você está perturbada, teve um sonho ruim e está fora de si, vou chamar ajuda – decidiu o pai.

Sem responder, Joana dirigiu-se até o banheiro, abriu a torneira, molhou as mãos e lavou o rosto. Ao erguer o corpo, olhou o reflexo no espelho e viu uma outra mulher.

– Meu Deus, quem sou eu? Que corpo é este? – Joana gritou, desesperada.

Em poucos segundos o pai arrombou a porta do banheiro e encontrou-a ajoelhada com as mãos no rosto, aos prantos. Transtornado pelo comportamento dela, abaixou-se junto e a abraçou chorando, perguntando o que estava acontecendo.

– Se você é realmente meu pai, quem sou eu? Olhei no espelho e não me reconheci, este corpo não me pertence, nunca me pertenceu! Não estou entendendo nada! – As lágrimas lavavam o rosto de Joana.

– Filha, eu não sei o que aconteceu, mas juro por tudo o que é mais sagrado que vou te ajudar, confie em mim.

Joana nunca sentira tamanha solidão, perdida em um mundo e corpo desconhecidos.

De repente ouve-se um trovão, o anúncio de uma suposta e terrível tempestade ecoa na casa, e tanto Joana quanto o pai se levantam do chão do banheiro, exaustos do conflito psicológico que os atormenta.

— Conte-me mais sobre mim. Quem fui ontem? Quem sou hoje? — perguntou Joana.

— Você é minha amada filha. Cuido de você desde o dia em que nasceu, mas por motivos que não gostaria de citar agora tive que me afastar aos seus quatorze anos, mas mesmo de longe continuava a observar e cuidar de você. Foi uma dor inigualável ter deixado minha única filha, mas fui obrigado.

Ele pegou um pequeno espelho em cima da cômoda do quarto, colocou-o diante da face da filha e, alterado, perguntou:

— Você não reconhece esta pessoa? Mentirosa! Você é uma mentirosa! Você sabe muito bem quem é esta pessoa, muito bem!

— O que você está falando? — Joana perguntou, assustada com o comportamento agressivo.

— Faça-me um favor. Vá até aquela mesma cômoda de onde peguei o espelho e olhe a fotografia no porta-retrato. Olhe bem e me diga se vai continuar mentindo para si mesma e para mim.

— Como estou mentindo se não estou sabendo distinguir verdade e mentira? Tudo parece um enorme e absurdo pesadelo. Você se diz meu pai, mas sequer me recordo de sua fisionomia, você diz que minha mãe faleceu quando eu tinha sete anos de idade, mas até ontem eu estava com ela. O pior de tudo, para não dizer que enlouqueci de vez, é que não sei dizer como vim parar dentro deste corpo de mulher, eu era apenas uma menina!

— Cala a sua boca! Isso tudo é mentira! — vociferou o pai. Debatendo-se, começou a desferir socos no próprio rosto, rasgou a camisa e gritou alto, até que os vidros das janelas se quebrassem, espalhando estilhaços por todo o quarto.

3

Em choque, Joana correu para fora do quarto, desceu as escadas – quase caindo a cada degrau – e deu de frente com a porta principal da casa, mas apesar de toda a força que usava para girar e puxar a maçaneta, ela não abria. Sentia que algo do lado de fora impedia, a segurava.

Sem aviso, uma chuva torrencial arrebatou a residência, parecia quebrar as telhas e estremecer paredes, desligando a energia da casa. A única luz vinha dos relâmpagos constantes no céu negro.

Joana se abaixou, abraçando os próprios joelhos, desejando acordar.

Os gritos do pai cessaram. Não havia mais relâmpagos ou trovões no céu, somente a chuva que ainda persistia sobre a região.

– Filha, meu amor. Preciso conversar com você – disse, do topo da escada.

– Não tenho nada para conversar, fique longe de mim! – Joana gritou.

– Filha, sério. Preciso muito conversar com você – ele insistiu.

– Fique longe! Só fique longe!

Como em um estalar de dedos, o homem surgiu ao lado dela e sussurrou no seu ouvido:

– Quieta!

Joana, catatônica, escutou o que ele tinha a dizer.

— Minha filha, pobre filhinha. Sou seu pai, mas somente de criação. Seu legítimo pai é outro, cujo nome não posso pronunciar agora. Ele está escutando.

Joana arregalou os olhos. Sentia que estava vivendo um enorme pesadelo e, por mais que tentasse, não conseguia despertar.

— Filha, é difícil dizer tudo o que aconteceu com você desde a sua criação, mas te aviso que você é mais antiga do que o próprio tempo. Você foi gerada por entidades poderosas que, de em tempos e tempos, vêm nos visitar. Eu, como muitos, sou seu guardião.

— Você está louco! Eu lembro muito bem quem fui, só não me reconheço hoje. — Joana retrucou, insana.

— É claro. Você viveu várias vidas, mas nunca teve que morrer. Sua estadia entre nós se baseia em turnos, não sabemos ao certo quantos corpos existem ao seu dispor, mas para cada despertar seu, um guardião ou guardiã estará ao seu lado te protegendo do mundo; ou o mundo de você.

Joana ficou pálida com as informações.

— Preste atenção, minha filha, você desconhece seu verdadeiro propósito aqui neste mundo, tampouco saberá por mim, pois isso significaria minha morte. A irmandade à qual pertenço, criada há milhares de anos para te proteger, está ruindo e isso é extremamente perigoso. Alguns de nós adquiriram outros interesses, foram corrompidos pelo poder e, por isso, estão atrás de você. Seu verdadeiro pai está enfurecido pelo que está acontecendo e está voltando.

Os dois ficaram em silêncio, permitindo escutar o som dos ventos fortes soprando contra os galhos das árvores ao redor da casa com tanta força que alguns eram jogados contra as paredes. Os relâmpagos ganhavam cada vez mais frequência, tentando tocar a residência.

Joana percebia o homem que dizia ser seu pai de criação se contorcer no chão, soltar um líquido vermelho gelatinoso pela boca e nariz e, quase no mesmo instante, morrer. Pensou em se aproximar com cautela, mas ele se decompôs em segundos. Os restos exalavam um odor tão podre que nem os vermes apreciariam.

Joana escutava esguichos, uivos e gritos do lado de fora da casa; tentava abrir a porta, mas continuava trancada. Notou algumas janelas ao lado, todas com pedaços de madeira bloqueando a passagem — isso não a impediria. Tentou arrancar as madeiras com as próprias mãos, mas percebeu o quanto estavam bem pregadas e decidiu ir atrás de alguma ferramenta que pudesse ajudá-la.

Na cozinha presencia um ambiente de horror, um cenário catastrófico e perturbador: oito corpos dentro de sacos pendurados no teto, com uma enorme quantidade de sangue acumulada na extremidade deles. No piso, panelas com restos de comida apodrecidos e esparramados por todos os cantos. Os insetos e vermes faziam o banquete. Joana, não suportando a visão, vomitou um líquido escuro, muito parecido com petróleo, que cobriu seu corpo e boa parte da cozinha. Ao fundo do cômodo, próximo à dispensa, encontrou um facão que logo pensou que poderia ser útil para quebrar as madeiras que bloqueavam as janelas. Ao atravessar a cozinha, um dos corpos pendurados começou a se debater, mexendo o corpo, frenético, fazendo barulhos como se estivesse com alguma espécie de mordaça na boca, o que indicava que estava imobilizado.

Com as melhores intenções, tentou puxar o corpo para baixo, mas segurou bem no canto onde estava acumulado muito sangue e, ao puxar, o saco estourou e muito sangue caiu, mas nenhum corpo. Além do líquido negro, Joana ficou coberta também de sangue, caída na podridão do piso da cozinha, com vermes começando a brotarem ao seu redor.

No fogão da cozinha, uma das quatro bocas acendeu, formando uma chama alta. O fogo começou a crescer, alastrando-se, consumindo tudo que tocava e, em pouco tempo, a cozinha estava tomada por labaredas. Joana se envolveu em chamas e sua roupa se queimou, ela se debatia desesperada, temendo morrer queimada.

Mas isso não aconteceu. Foi tomada por chamas, e nem calor sentiu. Caminhou sobre os escombros com as roupas chamuscadas. As paredes da cozinha desmoronavam sobre ela, mas nenhum pedaço de pedra lhe causava ferimento. Uma fenda se abriu sob ela, um vento forte e podre carregava os gritos de uma legião de criaturas de um submundo profundo. Joana recuou para longe da fenda, mas um braço enorme com dedos pontiagudos saiu do buraco e conseguiu pegar seu pé.

Antes que ela gritasse, notou que a mão derreteu assim que tocou sua pele.

Não há outra explicação! Estou realmente vivendo um enorme pesadelo!

A fenda se abre ainda mais e a casa estremece, as paredes de outros cômodos começam a desmoronar. Do lado de fora, os relâmpagos já haviam cessado, mas deram lugar às sombras que saltavam no ar, fundindo-se umas com as outras. Os sussurros estavam mais intensos, pareciam vozes de crianças pedindo para brincar.

— Vamos brincar, mamãe? Vamos brincar? Amo demais nossas brincadeiras! — sussurrou nas sombras.

A frase se repetia, cada vez mais macabra. A fenda aumentava a cada segundo, Joana estava ficando sem espaço e logo poderia cair no abismo. Viu algo no teto em que pudesse se pendurar e, então, saltar para o outro lado da fenda, deduzindo que fosse firme.

Ao tentar, um cabo solto da luminária. Ela escorregou, bateu a cabeça no canto da fenda e caiu no abismo, inconsciente.

4

— Joana, acorda! Desperte agora e venha para a luz. Eu ordeno que venha para a luz, em nome de Jesus Cristo.

— Ahn?! Quem é você? — indagou Joana, confusa, com o cérebro voltando a raciocinar.

— Graças a Deus! Beatriz, ela acordou. Venha ver, venha logo. Oi, Joana, meu nome é Pedro, sou o padre do vilarejo ao lado. Seus familiares pediram minha ajuda para te curar — disse amável.

— Me curar? De quê? — questionou Joana.

— Você está dormindo há três dias e, durante o sono, pronunciava palavras em outros idiomas que não faço ideia de quais sejam. Além disso, se autoflagelava. Seus familiares acreditaram que você estivesse possuída por alguma entidade demoníaca, mas disso ainda não estou tão certo. Cheguei não faz nem duas horas e você já despertou, só pude testemunhar alguns de seus comportamentos nesse período, que não me impressionaram — explicou o religioso.

— Padre, estou confusa! Isso é ridículo! Primeiro, não possuo familiares, sou órfã de pai e mãe e nunca conheci qualquer parente meu. Por favor, explique essa história direito — Joana pediu.

— Joana, você está desorientada depois de tantos dias dormindo. Eu conheci seus pais. Inclusive, sua mãe, Beatriz, é uma mulher muito temente a Deus. Aliás, onde ela está? — pergunta o padre, olhando ao redor.

— Minha mãe nunca se chamou Beatriz. Ela se chamava Ana, e morreu há muitos anos, junto com meu pai enquanto passeavam numa floresta próxima de casa.

— Estranho. Deixa-me buscá-los e vamos esclarecer isso de uma vez por todas. — O padre falou e retirou-se do local.

— O que é isso? — Joana perguntou a si mesma ao perceber que seus pés estavam presos por correntes.

Tentou se soltar, mas todo o esforço foi em vão. Havia um cadeado que a mantinha presa. Não parecia um cadeado comum: não havia um buraco para chave ou qualquer coisa parecida, era apenas um objeto quadrado de quatro lados iguais, azul-escuro cintilante que se fundia com a corrente. De fato, um cadeado inviolável.

O padre, então, retornou.

— Por que meus pés estão acorrentados? Por favor, pode me ajudar a me soltar? — implorou Joana.

— Infelizmente não posso, Joana — respondeu o padre, solícito.

— Por quê? Eu quero sair daqui! Por favor, me solta.

— Não posso! Você é um risco para esta família por tudo o que seus pais me contaram. Sinceramente, não sei nem como poderei te ajudar, lamento — concluiu o padre.

— Como assim? Me solta! — gritou.

— Acalme-se, primeiro nós precisamos expurgar o mal de você!

— Padre, não! Socorro! Alguém me ajude! — Ela grita cada vez mais alto.

Só então notou de que no quarto, cinco pessoas observavam de um canto escuro toda a conversa entre os dois. Eram três adultos e duas crianças, todas vestindo trajes pretos. Uma delas se manifestou.

— Deixe-a, padre. Deixe-a espernear. Você sabe que essa menina não tem mais salvação, só precisamos concluir a tarefa que nos foi dada para irmos embora daqui – disse uma mulher com o rosto escondido.

– Quem é você? – perguntou Joana.

– Sou uma serva de Deus, como meus demais colegas aqui. Meu nome é Beatriz, a inquisidora. Estes ao meu lado são meus ajudantes, Sócrates e Mateus, os executores da ordem. As crianças, meus filhos, Laura e Breno. Levo-as para minhas missões de expurgação desde pequenos para conhecerem a vontade do nosso Senhor e, assim, seguirem meus passos. Hoje, Breno tem dezesseis anos e Laura, catorze. Não hesitarão em matar você caso comece a realizar qualquer espécie de bruxaria.

– Beatriz, quero conversar com você lá fora – afirmou o padre.

– Não, padre, agora não – Beatriz negou com a cabeça.

– Acho que você não entendeu, vou repetir para que não tenha dúvidas. Quero conversar com você lá fora, agora – ele insistiu.

A mulher olhou para seus filhos e ajudantes com uma expressão esnobe e disse que voltaria logo, e que continuassem a observar a garota.

– Fique tranquila, mãe, cuidaremos bem dela – confirmou o mais velho, Breno.

Beatriz e o padre se retiraram do ambiente e dirigiram-se para fora da casa. Ao fechar a porta, o padre acertou um soco no rosto de Beatriz, que caiu no mesmo instante.

– Sua idiota! Você é tão egocêntrica que me dá nojo, você e sua corja! Era tão difícil assim manter o planejado? Só precisaríamos continuar por mais alguns minutos e concluiríamos o ritual sagrado, mas não, você tinha que se mostrar e acabar com a porra toda – o padre disse, indignado.

– Como ousa bater em mim? Você não imagina as consequências que sofrerá, o mais horrível inferno seria um berço confortável e tranquilo para você. Deus não sentirá pena de ti.

— Cale a sua boca, verme insolente. Abaixe sua cabeça quando dirigir a palavra a uma autoridade da igreja. Maldita a hora em que aceitamos seu grupo nesta missão, bem que algo me dizia que vocês seriam incapazes de fazer este trabalho — retrucou o padre.

Beatriz, de joelhos e com uma das mãos no rosto, começou a cantarolar em uma linguagem que já era conhecida pela Igreja, mas fora proibida séculos antes por ser considerada a invocação do demônio temido por todos os anjos celestiais, conhecido por ela como uma das criaturas mais abomináveis e cruéis que o inferno possuía, pois este tinha o objetivo de escravizar o próprio Deus.

— O que pensa que está fazendo, Beatriz? Isso não é o que estou pensando que é? — O padre perguntou, preocupado, sentindo algo maligno no ar.

Subestimara as intenções de Beatriz e seu grupo. Mesmo com tantos anos estudando anjos e demônios, tendo participado de exorcismos e confrontado as piores aberrações que já surgiram em seu caminho, desta vez sentiu um medo inimaginável — e pior, de alguém que, até então, respondia a ele.

— Responda, Beatriz, que merda é essa que você está fazendo? Eu conheço essas palavras, conheço esse canto. O que está fazendo é exatamente contra o que lutamos por tantos anos. Você não imagina o mal que isso trará, pare agora!

O canto era difícil, as palavras quase impronunciáveis, mas Beatriz aprendera a invocação de alguma forma — onde ou como era um mistério. Ela aumentou a voz e o chão começou a tremer.

— Pare, Beatriz, pare! Pelo amor de Deus, pare, criatura! — insistiu o padre.

— Não! — Beatriz ria.

Apavorado, o padre preparou a perna e tentou acertar o corpo de Beatriz para impedir o canto, mas, no momento do chute, uma força em volta dela o arremessa com tanta força que o corpo atingiu uma árvore repleta de galhos firmes e pontiagudos, que fincaram no corpo do padre. Não morreu, mas ficou inconsciente.

Dentro da casa, os filhos de Beatriz se alvoroçaram, pressentindo algo poderoso se aproximar. Sócrates e Mateus ficaram preocupados.

— O que está acontecendo? — Joana perguntou.

— O que está acontecendo? — Laura replicou a pergunta da Joana em tom debochado. — Está acontecendo que algo muito bom para todos nós está vindo, inclusive para você, minha irmã. É isso mesmo, somos sua família de verdade. Há anos nossa mãe conta histórias suas, sempre estive ansiosa e obcecada por te conhecer e olha só nós aqui, frente a frente.

— Não seja ridícula! Eu sou filha única e meus pais morreram já faz muitos anos, muito mais do que você tem de idade.

— Aí que você se engana — riu Laura. — Eu só aparento ter catorze anos, mas multiplique esse número por pelo menos sete ou nove mil vezes e você talvez chegue à minha idade aproximada. Já nosso irmão, Breno, é um pouco mais velho do que eu, uns vinte e três mil anos a mais.

— Laura, por gentileza, mantenha o foco. Sua mãe não gostaria dessa interação, não agora — explicou Mateus.

— É tarde demais! — Breno respondeu para Mateus.

Uma névoa poderosa tomou conta da casa, o tremor se intensificou e ouviam-se trombones do céu. Beatriz concluiu o canto, mas pagou com a morte. Seus filhos, Laura e Breno, já aguardavam a morte da mãe com a conclusão do ritual, era o destino. Assim, os filhos, Mateus e Sócrates tornam-se os únicos remanescentes de uma ordem antiga criada numa sociedade entre anjos e demônios.

Esta ordem, conhecida como Éden, surgira com o propósito de equilibrar os mundos, evitando qualquer soberania por anjos ou demônios. Os anjos, porém, com o passar dos séculos e seguindo as ordens de Deus, foram conquistando a devoção dos humanos e, com isso, perceberam a chance de se tornarem independentes, criando seu próprio grupo de adoradores e dando início a uma guerra entre deuses que perdura.

Havia uma profecia que dizia:

"Dos restos da ordem sagrada, muitos cairão sob o olhar do rei. No seio do mal, vós o libertareis da tirania da falsa divindade".

Com a morte de Beatriz, sobraram seus discípulos e, com eles, a missão de cumprir a profecia.

A névoa que tomava todo o ambiente foi se dissipando, algo sugava a fumaça para cima e, quando a visibilidade melhorou, perceberam Joana colada na parede do teto, contorcendo-se. Seu corpo consumiu toda a névoa e sua pele começou a escurecer, cada centímetro de seu corpo ficou tão negro quanto a escuridão que reinava nas trevas. Então, seu corpo para de se contorcer e cai, mas ao despencar, Joana se desdobra e alcança o chão, ágil como um felino. Meio ajoelhada, ergueu a cabeça, o cabelo longo encobrindo o rosto, levantou-se e disse:

— Finalmente!

De repente, tudo e todos em um raio de quilômetros de distância se desintegraram e restou apenas um corpo no vazio.

5

— Joana, saudades de você, minha filha. Dói demais meu coração te ver assim tão debilitada e acamada. Espero que acorde logo.

— Senhora, precisamos conversar sobre o estado de sua filha — disse o médico.

— Olá, doutor Mateus, é claro. Quando quiser — respondeu a mãe, preocupada.

— Como bem sabe, sua filha continua viva por conta dos aparelhos há muitos dias. O estado vegetativo é muito avançado e estamos convictos de que nenhum tratamento existente fará com que volte à consciência — o doutor explicou.

— O quê? Está dizendo que devo perder as esperanças? Jamais! Ela perdeu toda a família no trágico acidente há sete anos, eu enterrei sozinha seu esposo, dois filhos e meu outro filho, seu irmão. Não enterrarei minha filha! Entendeu, doutor? — a mãe gritou, indignada.

— Senhora, lamento demais por toda essa tragédia na sua família, mas não tem mais nada que possamos fazer para reverter o quadro — insistiu o doutor.

— Por Deus, não faça isso conosco. Minha filha morrerá se sair daqui, não faça isso conosco, doutor — implorou, desesperada.

— Me desculpe! Dentro de alguns instantes, desligaremos os aparelhos e enviaremos sua filha para o velório que indicar. Não há mais nada que possamos fazer aqui. Estamos amparados pela lei nesses casos extremos.

Um grupo de enfermeiros tentava tirar Joana da cama enquanto o médico desligava os aparelhos. A mãe tentava de tudo para impedi-los, com socos e chutes. Todos a ignoravam, dois enfermeiros seguravam-na, e com o furor do momento ela desmaiou.

— Levem-nas para longe daqui — esbravejou o médico.

— Sim, senhor — assentiram os enfermeiros.

A mãe acordou horas depois em meio à lama, embaixo de uma ponte, ao lado da filha em coma e distante de qualquer sinal de civilização. De alguma forma, a filha ainda respirava — com muita dificuldade, mas respirava. Levantou-se, colocou ela nas costas e percorreu uma longa distância com muita dificuldade. Ao longe, avistou uma cabana e não hesitou em ir até lá e bater na porta para implorar ajuda a quem quer que estivesse morando ali. Não havia luz no interior, mas ouvia barulhos ali dentro.

— Alguém nos ajude! Por favor, ajudem! — a mãe gritava, agoniada.

Logo a porta se abre e, por trás dela, surge um homem velho com semblante cansado.

— Não há nada para vocês aqui, vão embora! — disse o velho, aborrecido.

— Senhor, por favor... Não sabemos onde estamos e minha filha está quase morrendo. Precisamos de um abrigo, eu imploro! — ela pede entre lágrimas.

O velho resmungou, mas cedeu ao pedido, compadecido com a situação.

— Entrem... Entre logo!

— Obrigado, Deus te abençoe, senhor — a mãe agradeceu.

— Deixe Deus do lado de fora, por favor — o velho replicou.

Assim que entraram, a mãe avistou um sofá e colocou a filha nele com cuidado. Verificou os batimentos cardíacos e sentiu-se aliviada ao constatar que ainda estava viva. Voltou-se, então, ao velho para agradecer novamente.

— Mais uma vez, obrigada, senhor. Você nos salvou — agradeceu aliviada.

— Quem disse que estariam seguras aqui? Vocês não me conhecem e bateram à minha porta sem imaginar as consequências — o velho repreendeu com firmeza.

— Senhor, está me assustando! — confessa a mãe.

— Não se preocupe, senhora, não vou fazer nada com vocês. Só acho que deveriam ter mais cuidado em vez de bater em qualquer lugar, a qualquer horário, ainda mais no meio do nada. Como eu disse, não me conhecem — ele insistiu.

— Sim, entendo. Eu estava desesperada, minha filha está em coma e nos largaram no meio do nada. Não tinha ideia do que fazer! — a mãe justificou.

— Em coma? Essa mulher é sua filha e está em coma?

— Sim! Estávamos em um hospital, mas nos expulsaram de lá.

— Qual o nome dela?

— Joana.

— Ela me parece muito familiar — o velho disse, surpreso.

— Familiar? — perguntou espantada.

— Qual seu nome, senhora?

— Ana.

— Sim, conheço ela e conheço você! — o velho gritou, bastante assustado.

— Não estou entendendo, você nos conhece?! Isso é impossível. — Ana debochou.

— Como ousa me chamar de mentiroso em minha própria casa, Ana? Posso ser tudo, menos mentiroso. Controle suas palavras daqui em diante, mulher. Não queira me ver irritado — o velho alertou com firmeza.

— Certo, mas quero entender por que somos familiares para você. Isso tudo não faz o menor sentido — ela disse. — Nunca te vi antes.

— Vou explicar, mas primeiro, vamos levar Joana para o quarto. Lá ela descansará melhor. De acordo? — ele perguntou.

— Sim, de acordo — a mãe respondeu, tentando se acalmar.

O velho pegou Joana nos braços com um cuidado quase paternal e levou para o quarto, cobriu-a e beijou-lhe a testa. Ana, logo atrás, não notou a atitude carinhosa e disse sentir algo estranho na cabana, mas o homem riu dela e falou que nada tinha a temer.

Com a filha na cama, os dois vão até a sala para conversar. Ana se senta, o velho fica em pé. Afirmou que não tinha nada para falar para ela, mas sim para Joana e que, enquanto a filha dormia, deviam-se manter o silêncio.

— Eu dispenso! Quero uma explicação agora, de onde você nos conhece? — Ana perguntou, estressada.

— Não! Você não é digna! — O velho debochou.

— Inacreditável! Vou embora deste lugar! — Ana esbaforiu.

— Vá embora, mas Joana fica! — O tom de voz saiu firme, macabro.

— O quê? Não seja estúpido, seu velho maluco. Não sairei daqui sem minha filha — Ana rebateu, ainda mais irritada.

— Você sairá de alguma forma, por bem ou por mal — ele riu sarcástico.

Assustada, Ana avançou no velho e o empurrou antes que ele a atacasse. Esquivando-se, foi em direção ao quarto, e antes que pudesse alcançar o cômodo, o homem a puxou pelos cabelos com tanta força que a jogou do outro lado da sala. No chão, chutou-lhe a cabeça com extrema violência, deixando-a desacordada. Arrastou-a para fora da cabana e jogou-a em uma cova rasa no quintal. Por fim, derramou uma substância pastosa que dava para os cachorros por todo o corpo da mulher e, em seguida, soltou os cães para que se alimentassem.

Retornou para a cabana e decidiu tomar um banho. Encheu a banheira, tirou toda a roupa, entrou na água e dormiu imerso por umas três horas. Deixara a torneira aberta de propósito, o que fez com que a cabana ficasse alagada. Ao acordar, levantou-se com calma da banheira, foi até o quarto onde estava Joana, vestiu a melhor roupa que possuía e sentou-se ao lado dela, observando-a por um bom tempo. Começou a cantarolar uma canção antiga, num idioma desconhecido. Joana, mesmo em coma, apresentava leves reações e o velho riu, satisfeito com o resultado alcançado.

— É chegada a hora de despertar, minha princesa. Nosso rei nos aguarda.

— Joana! Joana, acorda! Acorda, meu amor. Preciso de sua ajuda, nossa casa está ficando alagada. Por favor, acorda.

6

— Javier, abra os olhos e se levante — disse uma mulher uniformizada de branco. — Preciso que me acompanhe.

Javier continuava desacordado, quase sem reação.

— Senhores, carreguem-no e me acompanhem — a mulher ordenou.

— Senhora, ele é muito pesado — retrucou o soldado.

— Não me recordo de ter feito alguma pergunta, dei uma ordem! Não importa como, tragam-no! — enfatizou, agressiva.

— Sim, senhora — respondeu o soldado.

Três soldados conseguiram, com enorme dificuldade, levantar Javier, uma criança de oito anos de idade com estatura mediana — aproximadamente um metro e vinte e cinco. Perguntavam-se como uma criança estaria tão pesada a ponto de três homens terem tanta dificuldade em erguê-la.

Javier foi carregado até uma câmara fria e colocado numa cadeira muito semelhante àquelas usadas para eletrocutar prisioneiros à morte.

— Senhora, o produto foi inserido no local como pedido — disse o soldado.

— Entendido. Podem se retirar agora, todos! — ordenou a mulher.

Assim que saíram, ela se trancou com Javier dentro da câmara fria. Prendeu mãos e pernas do menino com uma corrente e, por último, o amordaçou. No canto da câmara havia uma banheira vazia. Começou a despir-se e, nua, deitou-se nela. Começou a urinar e o líquido encheu a banheira, deixando seu corpo quase submerso.

— Acorda, moleque! — disse a mulher, raivosa. — Acorda!

Javier continuava desacordado. Inspirando o ar rarefeito do ambiente e quase sussurrando, de olhos cerrados, ela repetiu:

— Acorda!

Javier abriu os olhos devagar. Em silêncio, olhou em volta, realizando pequenos movimentos com as mãos e os pés e, percebendo que estava imobilizado, nem se esforçou tanto. Amordaçado, resmungou uma palavra que a mulher não entendeu.

— Olá, meu amor, é bom ter você de volta! — ela disse.

Javier, tranquilo, cuspiu sobre o corpo o que lhe impedia de falar — a mulher colocara em sua boca uma bolsa pequena com pedaços de placenta. Ao cuspir, um pequeno feto caiu em seu colo.

— Já está satisfeita? — ele resmungou.

— Não! — respondeu a mulher. — Nossa história não acabou.

— Acabou, Joana. Você já deveria ter superado isso. É tão doentio seu sentimento por mim que sua obsessão nos trouxe para este lugar tão horrível quanto você — disse Javier.

— Mas, meu amor, sou tão feliz contigo, você me faz tão bem!

— Éramos felizes, mas você me matou! Lembra? — desdenhou.

— Não fale merda, seu moleque. Você não sabe o quanto sofri por tudo o que fiz. Você não sabe de nada e nunca vai saber — disse, revoltada.

— Joana, olhe só você, dentro de uma câmara fria, deitada numa banheira cheia até a boca com sua própria urina. Já faz muito tempo que você perdeu tudo, até a sanidade.

— Urina? Não seja ridículo! Isso é água e estou no meu banho para ficar cheirosa para você, meu amor. Aliás, hoje é nosso aniversário de sete anos de namoro, é um lindo dia para se comemorar.

— Joana, pare! Nada jamais voltará a ser como antes. Estou acorrentado a este corpo que utilizo para conversar contigo. Nosso querido filho você afogou durante um surto psicótico e jamais voltará à vida, não adianta manter o corpo refrigerado.

— Nosso filho, amado Breno, sempre conversa comigo. A Laura que quase não fala comigo, precisa ser reeducada — disse Joana.

— A Laura, Joana? A Laura sequer chegou a nascer, você perdeu durante a gestação! Aliás, este feto aqui no meu colo é ela, né? Você é doente, Joana, uma mulher perturbada que nem deveria ter o privilégio de respirar!

— Meu amor, olha como fala comigo! Você foi um homem inútil por longos anos e só me causou desprezo, fiz um favor ao estripá-lo. Sinceramente, prefiro você assim, morto! Nossa família é tão linda do jeito que está, eu sou muito feliz, sabia? — Joana alegrou-se.

— Não sinto pena de você! — responde Javier. — Você cavou nossas covas e a sua foi ainda mais profunda, tanto que não consegue mais enxergar a luz. Você criou um caos sem precedentes e chegou ao ápice da insanidade. Somos frutos da sua imaginação, e, nesta sua loucura, torna real algo que você fez questão de destruir. Mas como nada são flores, a realidade é mostrada de uma forma muito cruel, tão cruel quanto você.

— Foda-se! — gritou. — Foda-se muito, seu merda! Só meus filhos me importam agora, Breno e Laura, você é um merda que um dia amei e hoje vomito nas suas memórias. Desapareça da minha vida, para sempre.

— Ah, se fosse fácil! Você me condenou, Joana! Tanto eu quanto tantos outros que você matou, que te perseguirão nas suas próprias fantasias. Você é o verdadeiro estrume da humanidade — vociferou Javier.

— Ah, você me faz rir. Quanta merda numa só boca. Por gentileza, vá embora e deixe-me a sós com meu filho.

— Coitada! Eu nunca vou embora, nem se eu quisesse — Javier debochou.

Quando Joana ia responder, a cadeira começa a tremer, o corpo de Breno se contorce e seus olhos reviram-se para trás.

— Javier? — Joana perguntou um pouco assustada.

— Oi, mamãe — revelou-se Breno.

Joana se emocionou, deixando o choro brotar, mas não dizia mais uma só palavra.

— Mamãe, me solta daqui. Está doendo!

Continuava a chorar e, para não escutar a voz do filho, mergulhou em sua própria urina. Breno começa a chorar alto, implorando para que a mãe o solte da cadeira, se debatendo.

Quando o silêncio retorna, ela levanta a cabeça e encara Breno sentado dentro da banheira.

— Mamãe, não adianta fugir. Nós não vamos te deixar partir, nunca — ele diz.

— Meu filho, me perdoe pelo que te fiz — Joana diz aos prantos e arrependida.

— Não há perdão, somente punição — responde Breno.

Breno avançou em Joana e segurou-a submersa na banheira. Ela tentou lutar, em vão. O corpo do filho era muito pesado para erguer em razão da energia negativa que carregava. Ele a sufocava, mantendo-a da mesma maneira como sua mãe um dia o afogara. A diferença crucial era que Joana não morreria ali, só ficaria em desespero e sufocada por um longo e indefinido período.

7

EM ALGUM LUGAR NO TEMPO...

– A chave não funciona! Que merda!

Um homem bêbado tentava abrir a porta de casa, mas foi pego de surpresa ao ser atingido com força na cabeça por uma barra de ferro. Cinco homens o espancaram de forma covarde na frente de sua residência, cada um com uma barra de ferro, deixando-o desfigurado.

Não houve grito, não houve socorro, somente violência.

SEIS HORAS ANTES

Tiago estava em casa assistindo a uma série na televisão quando o telefone tocou. Seus amigos mais próximos chamavam para comemorar a conquista de um deles, que fora promovido a diretor financeiro em uma companhia multinacional conceituada no ramo automobilístico. Não houve insistência, Tiago estava mesmo entediado e qualquer motivo para sair de casa era válido.

Seus pais moravam em outro estado e mantinham pouco contato. Era assumidamente homossexual e fazia pouco tempo que havia terminado um namoro, pois descobrira que fora trocado por outro homem, o que o deixara arrasado. Tudo a seu redor parecia desmoronar e, logo, foi se isolando cada vez mais. Seus amigos não sabiam de nada do seu dia a dia, tampouco se importavam – eram bastante individualistas e estavam bem assim.

Levantou-se do sofá – que já criara uma cratera de tanto tempo que seu corpo estivera no mesmo lugar –, foi até o quarto e vestiu qualquer trapo mais apresentável. Quase saindo de casa, lembrou que deixara a TV ligada e voltou. Quando ia desligá-la, a programação foi interrompida por uma notícia urgente, mas, antes da transmissão, desligou a TV. Com tudo desligado e as luzes apagadas, pegou o *smartphone*, chamou um serviço de táxi por aplicativo e, em menos de dois minutos, o motorista chegou. Entrou no veículo um pouco ansioso.

– Boa noite, senhor – o motorista cumprimentou.

– Boa noite – Tiago respondeu, enfático.

– Vamos para a Caverna Pub? – o motorista quis confirmar.

– É o que mostra no aplicativo, né? Então é para lá que eu vou! – Tiago respondeu grosseiro.

– Senhor, perguntei somente para confirmar seu destino. Às vezes o passageiro acaba inserindo o endereço final errado e, para evitar transtorno, eu sempre pergunto – o motorista respondeu de forma cordial.

– Tudo bem. Peço desculpas por ter sido rude, estou passando por uma fase difícil e ando muito à flor da pele. Mas, sim, é para a Caverna Pub que estou indo, obrigado.

– Não tem problema, todos passam por dificuldades uma vez ou outra na vida. O importante é não desistir, pois a felicidade muitas vezes custa caro – o motorista disse.

Tiago esnobou o comentário do motorista com uma expressão que demonstrava não estar interessado na opinião dele. O homem, com as melhores intenções, ficou incomodado com o comportamento ainda mal-educado, mas com ambos em silêncio, seguiu o percurso de vinte e cinco quilômetros, viagem que levaria mais de uma hora, considerando o horário de maior fluxo de veículos.

Não muito distante do ponto de partida, porém, havia um aglomerado de veículos, uma espécie de barricada impedindo o livre trânsito.

— O que houve? — Tiago perguntou.

— O trânsito parou, não sei o que está havendo! — o motorista respondeu.

— Então, desça e vá checar — Tiago ordenou, impaciente.

— Mas é claro que não! Quem você pensa que é para me dar ordens? Fui bastante educado contigo, agora, se vai continuar sendo arrogante no meu carro, peço que desça e siga seu rumo — o motorista se irritou.

— Ei, calma aí! — Tiago ficou assustado com a súbita mudança de atitude.

— Que calma o quê, rapaz?! Já estou cheio de gente como você que se sente dono da porra toda. Quer dar ordens para mim? Dê ordem na puta que te pariu!

Sem palavras e aproveitando que o carro estava parado no trânsito, soltou o cinto de segurança o mais rápido possível e desceu do veículo, a fim de partir daquele conflito com o motorista.

— Aonde você pensa que vai? — o motorista perguntou.

— Não te interessa! — Tiago respondeu.

— Não, não, não! Você não vai embora daqui sem me pagar, não vou levar esse desaforo para casa de graça. Você vai me pagar, de um jeito ou de outro!

— Você está me ameaçando? É isso mesmo? — Tiago esnobou.

— Não sou um homem de ameaças, acredite em mim!

A discussão, que acontecia do lado de fora do veículo, chamava a atenção das pessoas que também estavam presas no trânsito. Algumas saíam de seus carros e observavam o conflito.

— O que vocês estão olhando? — o motorista esbravejou.

As pessoas continuavam observando sem esboçar nenhuma outra reação ao questionamento do motorista. Enquanto ele cismava com os espectadores a seu redor, ignorando Tiago por um instante, este foi se afastando, conseguindo a oportunidade perfeita para fugir do conflito. Quando o motorista se virou e percebeu que o rapaz fora embora, ficou ainda mais enfurecido e decidiu descontar sua raiva em algo. Foi até o porta-malas e retirou de lá uma enorme chave inglesa, que usou para bater com violência em seu próprio veículo, em um ataque de fúria. As outras pessoas que antes somente observavam também começaram a bater em seus próprios carros, algumas portavam armas de fogo e, com tiros, atingiram seus carros. Enquanto isso, Tiago se distanciava cada vez mais. Assustado, escutava gritos e o intenso barulho da fúria generalizada na estrada.

Deus! O que está acontecendo?

8

Olhando a sua volta, percebeu que ia sem direção e decidiu voltar para a estrada. De repente, os gritos pararam. Ao se aproximar, viu um rio de sangue à beira da estrada, seu calçado se encharcou de vermelho e um medo enorme se instalava a cada passo que dava. Havia veículos destruídos e corpos mutilados por todo os lados, adultos e crianças, todos mortos de forma violenta. Na barricada criada logo à frente, mais corpos, incluindo de animais, estripados no chão.

— Que merda que aconteceu aqui?! — perguntou-se horrorizado ao ver tanta atrocidade.

De forma abrupta, um vento gelado vai de encontro ao seu corpo e o derruba. Ao se levantar, já não se sente o mesmo. Os olhos ficaram avermelhados, o coração acelerou as pulsações. Estava agitado por dentro, mas aparentava calma por fora. Assim, seguiu em frente além da barricada, com rastros de corpos metros adiante que já não o espantavam mais, aquela situação parecia natural. Na mesma estrada, dois quilômetros depois, não havia mais sinal de veículos, corpos, sangue... em silêncio, seguiu até uma encruzilhada. Um veículo veio por outra direção e, das três pessoas que nele estavam, somente uma percebeu Tiago no meio da pista.

— Merda! — disse a pessoa que percebeu o atropelamento inevitável.

O veículo acertou Tiago em cheio e capotou diversas vezes. Dos três ocupantes, um foi atirado para fora do veículo durante a capotagem e seu corpo foi cortado ao meio. Dos dois que sobreviveram, um ficou desacordado, o outro, em estado de choque. Minutos após o acidente, Tiago se levantou e olhou para o braço quebrado – também quebrou uma clavícula, mas não sentia dor. Ignorou os danos causados e seguiu seu caminho pela estrada. Nesse instante, juntaram-se à caminhada os dois sobreviventes, saídos do carro com as mesmas características de Tiago e, a seu lado, seguiram pelo mesmo caminho, sem rumo aparente. Poucos metros depois, os três pararam de caminhar no mesmo momento. Sentiram um forte cheiro vindo de uma residência próxima e, atraídos, foram até o local, rasteiros, velozes, insaciáveis. Corriam atrás de uma presa desconhecida que farejavam. Ao chegar, exploraram cada pedaço do terreno para encontrar a melhor entrada para o ataque.

Havia bastante barulho vindo de dentro, uma penumbra dominava o interior, todas as janelas estavam fechadas com cortinas grossas que impediam a visão de quem estivesse de fora. Juntos, invadiram a casa quebrando as janelas e flagraram várias pessoas adultas, homens e mulheres, numa grande orgia.

O cheiro forte que sentiam vinha dos fluídos daqueles corpos, que se espalhava por todo canto. Aquelas pessoas estavam tão entretidas que nem perceberam a invasão e, pior, mais invasores estavam à espreita, pois aquele cheiro não atraía só os três rapazes, mas vários na região.

Uma participante mais afastada dos demais, que fumava um cigarro enquanto era chupada por outra mulher, percebeu várias pessoas paradas nas extremidades, somente observando. Ela gritou, mas ninguém deu atenção. O grito se confundiu com algum outro, de prazer. Nesse momento, os invasores avançaram nos corpos nus e não tiveram misericórdia – foi uma chacina voraz e brutal. Havia ali cerca de trinta pessoas. Os invasores, em número reduzido, transformaram o ambiente em um enorme abatedouro: munidos de pedaços de madeira e barras de ferro, agrediram até a morte e, então, lamberam os corpos sujos de sangue e sêmen.

Enquanto os invasores se deliciavam, do lado de fora, garrafas com querosene, uma substância química venenosa e um pedaço de pano pegando fogo foram jogados na casa, que logo ficou tomada pelo fogo. Os invasores ficaram alvoroçados e a fumaça se espalhou pela residência. Ao inalá-la, começaram a se debater e logo caíram mortas.

O ataque partiu de um pequeno grupo que surgira para exterminar, usando um patógeno até então desconhecido, o que eles chamavam de condenados. Ao acompanharem passos de pessoas aleatórias, o grupo chegou até a residência e viu a oportunidade perfeita para aniquilar alguns.

— Puta merda! — um deles disse sorrindo. — Tinha bem mais do que pensávamos, né?! Do caralho! Queimem, seus filhos da puta!

— Mateus, fica quieto, porra! — respondeu seu parceiro.

— Deixa eu ser feliz, Sócrates. Tu tá ligado o quanto curto matar esses condenados — Mateus retrucou.

— Eu sei, mas segura tua onda, que ainda não acabou! — disse Sócrates, percebendo que o fogo e a fumaça não foram suficientes para aniquilar todos; ainda havia gritos no interior da residência.

De repente, os três rapazes saíram em direção ao grupo, em chamas, mas ao se aproximarem foram atingidos com vários tiros.

— Que merda! Sabemos que o fogo não mata rapidamente, mas a fumaça que eles inalaram deveria ser fatal na primeira fungada — falou Sócrates.

— Breno certamente não colocou aquela dose exata da substância com o querosene — Mateus reclamou.

— Porra! Se for isso mesmo, o Breno tá vacilando mais uma vez! Já estou de saco cheio disso — reclamou Sócrates.

— Cara, você sabe que o Breno só faz merda, mas como ele é protegido da Beatriz, ele se sente confortável para fazer as coisas de qualquer jeito — Mateus comentou.

— Pior que é verdade! Mas quando as ações dele colocam em risco nossas vidas, algo tem que ser feito. Aquele moleque prepotente tem que saber seu lugar — disse Sócrates.

— Cara, o Breno que se foda! Eu quero é matar esses condenados, contanto que ele não coloque água no lugar do querosene, para mim tá valendo! — Mateus riu.

— Não abuse da sorte, vai por mim. Só porque somos imunes, não significa que devemos facilitar. E, cá entre nós, sabemos que o pior ainda está por vir — Sócrates comentou.

— Cara, relaxa! Estou pouco me fodendo para tudo isso, só se diverte! — disse Mateus.

— Você leva tudo na brincadeira! Francamente, Mateus — Sócrates finalizou.

Os dois foram explorando a região em volta da residência. Além deles, cinco outros compunham o grupo que chamavam de Sombras. Essas pessoas tinham olhos e bocas costurados, mas estavam atentas a todo e qualquer sinal de barulho e, assim, orientavam para atingir possíveis alvos. Estavam sob o comando de Sócrates e Mateus, que faziam parte de uma ordem antiga conhecida como Éden.

— Sócrates, olha isso! — Mateus sussurrou.

— Olha isso o quê, Mateus?

— Vem aqui e se abaixa, rápido!

— Caralho! É uma horda de condenados! — Sócrates disse assustado.

9

Atrás da residência havia uma ribanceira, de onde, ao longe, Mateus e Sócrates conseguiam ver uma horda de condenados, centenas deles, cambaleando uns nos outros. Talvez atraídos pelo cheiro de antes, que desaparecera com as chamas. Os Sombras se aproximam de Sócrates e Mateus e, de repente, empurram os dois ribanceira abaixo em direção à horda, o que chamou a atenção dos condenados na mesma hora, fazendo com que corressem na direção dos homens que continuavam rolando.

Os dois acabam entrando, por acidente, em uma fenda que havia no solo, no meio do caminho, e lá se esconderam da fúria dos condenados. Os Sombras ficaram imóveis enquanto a horda se aproximava enfurecida – e quando, enfim, alcançou-os, passou direto, como se não fossem ninguém. Enquanto os Sombras seguiam a horda, Mateus e Sócrates tentavam se recuperar da queda e buscavam uma saída daquele buraco.

– Cara, eu te disse que não poderíamos confiar nos Sombras, mas não, você quis provar para Beatriz que conseguiria domá-los! E olha só, a gente se fodeu! – disse Mateus.

– Na boa, não enche meu saco! Já estou puto o suficiente, não vem torrar ainda mais minha paciência. Agora temos que nos concentrar para sair daqui e ir atrás dos Sombras. Quero matar cada um daqueles desgraçados! – Sócrates estava revoltado.

— Estamos na merda de um buraco, entendeu? Estamos na merda de uma porra de um buraco! Não tem saída lateral, só uma entrada e uma saída; o mesmo buraco! Entendeu a gravidade da nossa situação? — Mateus se alterou.

— Mateus, calma, porra! Vamos dar um jeito de sair daqui, acredite! Sei que é alto para caralho, mas vamos dar um jeito! — Sócrates tranquilizou.

— Então, tá, me diz aí qual sua grande ideia para sair daqui... ô sabichão? — Mateus perguntou, debochando.

— Sério, assim você não está ajudando! Primeiro, não é culpa minha estarmos neste buraco. E segundo, eu insisti, sim, em ter os Sombras conosco, mas jamais esperava que nos trairiam. Já fiz algumas missões com eles e sempre correu tudo muito bem! Então, pare de tentar encontrar pelo em ovo e me ajude a achar uma saída. Ou para de encher meu saco — Sócrates disse, irritado.

— Tá, foda-se! Tudo bem! O que devo fazer então? — Mateus perguntou, já exausto.

— Ótimo! Vou tentar escalar este rochedo, não deve ser muito complicado. Há alguns pontos em que posso me segurar e assim alcançar o topo.

— Legal! Mas eu não sei escalar — disse Mateus.

— Não precisa saber. Eu escalo e, quando chegar lá em cima, procuro algo para te ajudar a subir.

— Mas nem fodendo! — Mateus respondeu. — O que me garante que você irá voltar para me tirar daqui?

— Sério? Mateus, cala a sua boca! Nem se eu quisesse, poderia te abandonar, você sabe disso — Sócrates replicou.

— Claro — Mateus riu.

Chegando a um acordo, Sócrates se preparou para escalar. Analisou e encontrou todos os pontos necessários para poder iniciar a escalada. Subiu cerca de três metros e escorregou, direto para o chão.

— Sócrates, você está bem? — Mateus perguntou assustado, aproximando-se.

— Sim, estou bem! Foi um deslize meu, acho que estou mais enferrujado do que pensei.

— Porra, se você não consegue, eu que não vou conseguir — Mateus brincou.

— Relaxa, não é essa queda que me fará não levantar mais. Tentarei tantas vezes quantas forem necessárias! — Sócrates concluiu e se levantou, encontrou outro ponto para subir.

Eram quase oito metros de subida, mas dessa vez ele conseguiu. Com bastante esforço, alcançou o topo, porém foi surpreendido por uma condenada que tentou atacá-lo, mas foi mais rápido e desviou com destreza, fazendo-a tropeçar e cair na fenda junto com Mateus.

— Mas que porra é essa, Sócrates?! Nem é meu aniversário e você já está me presenteando? — Mateus gargalhou.

— Foi mal, Mateus, ela caiu sem querer. Vou buscar algo para te tirar daí. Enquanto isso, se diverte um pouco — Sócrates sugeriu.

— Sem dúvida! — Mateus disse, satisfeito.

A condenada se levantou devagar. Era visível que, ao cair, quebrara um dos braços. Como Mateus tinha enorme paixão por lidar com essas criaturas, em especial por matá-las, não mediria esforços para aproveitar a situação o máximo possível.

— Ô coitada! Quebrou o bracinho, foi? Vem cá que vou fazer um carinho em ti! — Mateus brincou.

Por causa da queda, a condenada ficou um pouco desnorteada, mas, ao perceber a presença de Mateus, gritou e correu em direção a ele. Desarmado, chutou as pernas dela, que caiu no mesmo instante. De novo, ela se levantou e correu para atacá-lo e, mais uma vez, tenta derrubá-la com o mesmo chute. De repente, a condenada saltou para cima de Mateus e ambos caíram. Como nenhum deles possuía armas, a condenada apelou para mordidas. Mateus estava no chão, quase imobilizado. A condenada alcançou a região da virilha e mordeu com força seu pênis. Mateus gritou. Viu uma pedra grande ao seu lado, conseguiu pegá-la e acertá-la diversas vezes na cabeça da condenada, até que a massa encefálica estivesse exposta — até que estivesse morta.

Mateus se contorcia de dor. Sua genitália não fora amputada, mas o dano foi grande. Em razão dos gritos, Sócrates voltou correndo para a fenda, já com algumas cordas à mão. Ao chegar, viu seu parceiro deitado no chão, ainda se contorcendo e gemendo de dor.

— Mateus, o que aconteceu? — Sócrates perguntou.

— Ah, cara, aquela filha da puta me mordeu!

— Te mordeu?! — continuou a questioná-lo.

— Porra! A desgraçada avançou em mim e mordeu meu pau! Tá doendo para caralho! — Mateus respondeu irritado.

— Mateus, você consegue se superar cada dia mais. Inacreditável! — Sócrates ria.

— Sócrates, para de zoar e me tira logo daqui, seu babaca. Assim que eu subir aí, vou te encher de porrada.

— Ah, claro — Sócrates ainda ria. — Mas tá, levanta. Vou jogar uma corda para você se amarrar e te puxar. E vamos rápido. Aquele seu grito deve ter alertado os condenados a quilômetros de distância — Sócrates comentou.

— O.k., joga a corda! — Mateus pediu, tremendo de dor.

Sócrates jogou a corda e, lá no fundo do buraco, todo sujo de lama e sangue, Mateus amarrou-a no corpo para que seu parceiro conseguisse puxá-lo. Sócrates era um homem forte e conseguiu puxar Mateus com facilidade, mas o tempo tornou-se o inimigo primordial naquele instante. Precisavam encontrar Beatriz numa cidade vizinha e, com todo o transtorno, o atraso poderia resultar em punições severas.

Não muito distante dali, a horda seguia pela estrada rumo à cidade, onde, por coincidência, estavam remanescentes da ordem Éden. Os Sombras iam logo atrás. Este grupo, antes sinônimo de fiéis servos da ordem Éden, rebelaram-se quando atacaram Sócrates e Mateus, por razões desconhecidas. O que os dois sabiam era que os Sombras eram o que restava de uma civilização antiga que residia no que é hoje o Sul da América do Norte e tinham parentesco com a civilização maia. O nome foi atribuído por conta de seus nascimentos, que só aconteciam quando havia a completa escuridão. Não rejeitavam a luz, mas costumavam viver no escuro porque se camuflavam melhor no meio da floresta. Ainda crianças, tinham olhos e boca costurados – passando a alimentarem-se apenas de líquidos – para que outros sentidos, como olfato e audição, ficassem mais apurados. Assim, tornavam-se eficientes em qualquer terreno, em qualquer circunstância.

Segundo a lenda, eles levaram à extinção a civilização maia e até mesmo outras das quais nem sequer havia registro, somente o conhecimento popular e a história passada de geração em geração. Não possuíam religião; sem deuses ou demônios para idolatrar, eram apenas renegados. Quando a ordem Éden os descobriu, milhares de anos antes, sentiram-se oprimidos por uma força divina que nunca haviam sentido. Com o passar dos séculos, foram ficando cada vez mais próximos das pessoas envolvidas na ordem, participando mais de missões e controlando as pragas vindas das falhas de rituais de diferentes propósitos – para o bem ou para o mal. Além de participarem dessas missões, pessoas da ordem visitavam de tempos em tempos para recrutar e recompor o bando – fosse pelas baixas causadas por uma missão ou por punição por mau comportamento. Mateus sabia que não podia confiar em um Sombra e alertava sempre que podia, mas era motivo de chacota.

— Vamos sair daqui rápido, Mateus, estou com um péssimo pressentimento! — Sócrates disse.

— Sim, vamos! Também estou!

Sócrates tentou correr junto com Mateus, mas o ferimento do parceiro parecia pior do que imaginaram: a região necrosava e o ferimento expandia para as pernas.

— Cara, sua situação é mais crítica do que imaginamos. Precisamos fazer algo! — Sócrates disse.

— O que você sugere, que eu corte meu pau? — Mateus perguntou, sarcástico.

— Exatamente! Não vejo outra opção. — Sócrates respondeu.

— Só pode estar de brincadeira!

— Ou cortamos isso agora, ou mais tarde as pernas vão também. Decida! — Sócrates falou, sério.

— Puta merda! Puta merda! Não acredito nisso, que merda, cara! — Mateus estava indignado.

Sócrates, mesmo sem o aval de Mateus, puxou da canela uma faca artesanal de aço e, mostrando-a, perguntou:

— E aí, se fode agora ou se fode muito mais depois?!

— Foda-se! Corta aí de uma vez — Mateus pediu, perturbado.

— O.k. Mas não vou mentir, vai doer muito! — Sócrates alertou.

— Pode ter certeza de que não vai doer mais do que meu ego — Mateus tentou descontrair, apesar do medo.

Sem misericórdia, Sócrates desferiu um golpe certeiro e cortou o membro de Mateus. Em seguida, acendeu um sinalizador e queimou a parte amputada para estancar o sangramento. Mateus quase desmaiou de dor, mas manteve-se erguido para continuar em frente.

— Certo! Vamos sair logo daqui — Sócrates disse, agitado.

— Caralho, espera um minuto — Mateus respondeu.

— Não temos mais nem um segundo, imagine um minuto! A Beatriz está esperando, vamos! — Sócrates insistiu.

— Tá, vamos! Só me ajuda aqui.

Mateus se apoiou em Sócrates e os dois seguiram em direção ao carro que deixaram próximo à residência que haviam incendiado.

— Mateus, ali está o carro! Vamos! — Sócrates apressou o companheiro.

Ao passar pela residência queimada, era possível escutar alguns gritos já enfraquecidos. Poucos metros adiante, cruzam com dois condenados carbonizados, rastejando-se no chão.

Chegando ao veículo, Sócrates jogou Mateus no banco traseiro e correu para ligar o carro. Ao girar a chave na ignição, o veículo explodiu, matando-os no mesmo instante.

Perto da explosão, um sujeito de uma aura maligna observava o desfecho. Parecia ser um dos Sombras, mas era diferente dos outros cinco que acompanhavam a horda: não havia costura nos olhos nem na boca. Aproximou-se dos dois que estavam carbonizados no chão se contorcendo — não de dor, mas de uma fúria insaciável. Com os olhos esbugalhados, sem demonstrar nenhuma emoção, pisou na cabeça dos dois, esmagando-as com facilidade.

No ar, circulava um odor pútrido.

— Estou sentindo você, posso sentir você! Sinto que está próxima — sussurrou a criatura misteriosa.

10

— Na escuridão, o milagre da vida, ou o terror da morte... Assim, era dito aos cidadãos desta cidade subterrânea, chamada Xiba — Javier contou para um grupo de turistas durante uma expedição na região de Mahas, na península de Yucatán, no México.

Javier, arqueólogo fracassado e guia turístico nas horas vagas, ganhava alguns trocados levando turistas ingênuos a lugares pouco explorados e inventando histórias de antigas civilizações com base no que sabia da cultura maia.

O grupo era composto por dez pessoas: o homem, Javier, três crianças e cinco mulheres.

— Vejam, essa é a entrada principal da antiga cidade, mas não podemos entrar, as ruínas são amaldiçoadas — explicou.

— Amaldiçoada? Que tipo de maldição? — Uma das turistas perguntou.

— Como se chama, senhorita?

— Bianca! — respondeu.

— Senhorita Bianca, essa maldição nunca foi muito bem explicada, mas o que se sabe é que os que aqui entram nunca mais retornam — Javier explicou.

— Mas isso é um tanto clichê. Ridículo, para dizer a verdade — Bianca retrucou.

— Senhorita, nunca ousei entrar para comprovar de fato a maldição. Só mostro a entrada da cidade e digo o que conhecemos dela, ou o que achamos que conhecemos. O povo que vivia aqui tinha fama de canibal e muitos sacrifícios foram feitos por sua divindade, Hades — Javier explicou.

— Você não tem vergonha? Está mentindo descaradamente! Invente pelo menos uma história convincente, que cause o mínimo de interesse! É absurdo que use um deus que todos sabem que pertence à mitologia grega — outra turista do grupo se revoltou.

— Perdão, eu nasci aqui na região e escuto essa história desde criança, logo há de concordar que tenho mais propriedade sobre o que falo do que o seu achismo — Javier disse, indignado.

— Não é achismo, é convicção! Estamos aqui explorando esta região do país, conhecendo a cultura e os costumes, e aparecem oportunistas oferecendo um pacote especial de turismo, enfiando goela abaixo histórias sem fundamento para nos surpreender. Isso não funciona comigo, rapaz, não mesmo! — disse uma das turistas.

— Ei, calma lá! Assim você está me ofendendo! Qual seu nome?

— Joana! — respondeu.

— Joana, deixe-me explicar. Aliás, para todos vocês. Recebemos várias instruções de como proceder com turistas que visitam nossa região. Esta caverna aqui é, de fato, a entrada de uma cidade antiga, mas não ousamos nos aventurar por ela. É um labirinto gigantesco e, quando eu disse que ninguém jamais retornou dela, falei a mais pura verdade. Mas admito que, sobre Hades, é a primeira vez que o mencionamos. Até onde se sabe, o único registro que temos de um povo que viveu nesta cidade são as ruínas logo no início da caverna. Aumentamos algumas coisas para empolgar, foi um erro — Javier revelou.

— Você é ridículo! Queremos nosso dinheiro de volta! — Joana disse, revoltada.

Os turistas ficaram furiosos com a tentativa de golpe. Um homem de porte mediano se exaltou agressivamente, mas foi impedido pelos demais.

— Senhor, tenha calma. Não há necessidade de agressão! Ele admitiu a culpa, vamos exigir nosso dinheiro de volta — Bianca disse.

— Que se foda! Quero bater nele, só quero bater nele! — ele gritava.

Javier tentou se afastar, mas na confusão, o homem avançou e acertou-lhe um soco no rosto, derrubando-o no mesmo instante.

— Senhor, pare! — as pessoas gritavam.

O homem estava furioso e, não mais conseguindo segurá-lo, começou a agredir todos ao redor. Javier se levantou, tentou imobilizá-lo, mas foi arremessado para longe. Algumas mulheres entraram em pânico. Estavam no meio da floresta, longe de qualquer civilização conhecida. Bianca gritou para que todos entrassem na caverna, numa tentativa de fugir da ira daquele homem. No momento da fuga, ele puxou uma das mulheres pelo cabelo. Sua filha, uma das crianças do grupo, gritava desesperada pela mãe, mas o homem, sem misericórdia, quebrou-lhe o pescoço. O desespero aumentava e não restou outra opção a não ser buscar proteção na caverna. Joana agarrou a filha, em estado de choque, e correu para dentro da caverna enquanto o homem quebrava os demais membros da mãe, já morta.

Não muito distante, Javier, ainda desnorteado por conta do arremesso, percebeu a chance perfeita de atacar o homem que estava distraído desmembrando a mulher, mas, ao avançar, o homem percebeu o movimento e foi de encontro a Javier. Perdendo, então, o elemento surpresa, desiste da abordagem e corre em direção à caverna. O homem seguiu-o, frenético. A fúria era incontrolável e assustadora. As mulheres que estavam dentro da caverna gritavam para que Javier fosse mais rápido, o homem estava quase o alcançando. Quando Javier conseguiu entrar na caverna e juntar-se às mulheres, o homem parou na entrada e ficou imóvel, apenas observando. Não havia nada visível que o impedisse de entrar, mas estava lá, na entrada da caverna, impedindo-os de sair.

As mulheres e crianças gritavam e choravam. A única e escassa iluminação vinha da entrada, de onde se via a sombra do homem. Logo anoiteceria e tudo indicava que seria uma noite sombria. As ferramentas de exploração ficaram todas do lado de fora, ninguém possuía qualquer objeto que pudesse auxiliar naquele momento, todos estavam apenas com a roupa do corpo.

— Javier, me ajuda aqui? — Bianca perguntou.

Inquieto, Javier nem prestou atenção no que ela disse.

— Javier, por favor, me ajuda aqui? — Bianca repetiu, enfática.

— Sim, claro — Javier se aproximou. — Não deveríamos estar aqui — disse a ela.

— Óbvio que não, mas aqui estamos e pelo visto não sairemos tão cedo, não enquanto aquele maníaco assassino estiver de guarda na entrada. Mas preciso que você me ajude a encontrar outro caminho que possamos seguir, já estamos aqui há horas e não vi ninguém sugerir uma saída — Bianca comentou.

— Senhorita, seguir adiante será pior do que confrontar aquele homem, acredite! — Javier disse, amedrontado.

Joana, que estava perto, escutou a conversa e, irritada, envolveu-se na discussão:

— Já chega! Você vai arrumar um jeito de nos tirar daqui agora! — gritou.

— Não posso, não consigo! — Javier estava desesperado.

— O que você está escondendo? — Bianca perguntou.

— Não escondo nada! O que posso esconder do que desconheço? Mesmo que possamos seguir caverna adentro, como enxergaremos o caminho nesta escuridão? — Javier perguntou.

— Joana e Bianca, ele tem razão! Não conseguiríamos andar quinhentos metros sem nos machucar, ou pior, morrer — outra mulher do grupo comentou.

— Não, mãe, não importa! Não podemos ficar nesta situação, vamos morrer se não fizermos alguma coisa logo! — Joana alertou.

— Gostaria que houvesse outra forma, mas devo admitir que a Joana tem razão. Se continuarmos aqui, sem ir para frente ou voltar, morreremos — Bianca disse.

— Vejam essas crianças, vocês acham que conseguirão sobreviver aí dentro da caverna nesta escuridão? Esta testemunhou a mãe sendo assassinada de forma cruel, ela já possui traumas suficientes. — A mãe de Joana estava indignada e exaltada.

— Mãe, por favor, olha nossa situação, o que você quer que façamos? Estamos na merda! Prefiro seguir e ter a incerteza da vida a ficar aqui e ter a certeza da morte.

— Eu já acho que devemos enfrentá-lo! — a mãe de Joana disse.

— Quê? A senhora ficou louca? — Javier perguntou.

— Louca? É só um homem, nós estamos em seis adultos! Conseguimos dar conta daquele merda!

— Você viu o que ele foi capaz de fazer, senhora?! Se não tivéssemos fugido, ele teria matado o grupo inteiro! — Javier estava irritado.

— Calma, gente! Ela pode ter razão! — Bianca interrompeu.

— Não acredito nisso! — Javier debochava.

— Mãe, é arriscado! — Joana alertou.

— Minha filha, já estamos ferrados aqui! É só um homem, podemos encará-lo.

Enquanto as pessoas discutiam um possível ataque, a noite trazia uma forte frente fria. Os ventos chocavam-se com as árvores e produziam um barulho ensurdecedor. O homem, ainda imóvel, na mesma posição, observava cada movimento.

— Venham todos, por favor, venham aqui. Quero compartilhar o plano delas e, adianto, se algo sair errado, estejamos certos de que a morte virá prestar contas conosco da pior forma possível — Javier anunciou.

— Cara, cala a sua boca! Não estou vendo você fazer nada para ajudar, seu merda supersticioso, então, não prejudica! Já temos problemas suficientes aqui — Joana vociferou.

Javier ria, crente de que, qualquer que fosse o plano, seria uma péssima ideia.

— Pessoal, preciso que vocês encontrem qualquer coisa que possa ser usada para bater naquele homem. Acredito que só encontraremos algumas pedras, mas que seja. Vamos encontrar as maiores que pudermos carregar e derrubá-lo — a mãe de Joana deu as instruções.

— Pedras? — Javier continuava debochando.

— Sim, pedras! Do mesmo jeito que aconteceu na Bíblia. Morte por apedrejamento — a mulher retrucou, decidida.

11

— Olha, senhora, arremessar pedras só vai irritá-lo e é bem capaz que avance para dentro da caverna e acabe com todos nós — Javier pontuou.

— Um instante — Bianca interrompeu. — É isso! Até agora ele não entrou na caverna. Se antes estava tão sedento por violência, qual o motivo de não ter continuado o ataque quando entramos aqui?!

— O que você está querendo dizer? — Javier ficou curioso.

— Pedras! Vamos jogar pedras! Tenho certeza de que ele não irá reagir — Bianca estava eufórica.

Todos correram para recolher pedras e amontoá-las próximas à entrada. Com tudo pronto, o homem permanecia sem reação, apenas observando.

— O.k., e agora? — Joana perguntou.

— Agora, jogamos com toda força naquele merda! — Bianca continuava enérgica.

— Não! — gritou Javier. — Vocês vão nos condenar, acreditem em mim.

— Deixa de ser covarde, rapaz, tenha atitude e se junte a nós — a mãe de Joana reclamou.

Javier deu alguns passos para trás, pressentindo algo muito ruim. Por mais que tentasse impedi-las, estavam convictas que derrubá-lo com as pedras abriria caminho para a fuga.

— Preparadas? — Bianca chamou.

— Sim, estamos prontas! — Todas se manifestaram em coro.

— Derrubem esse filho da puta! — gritou.

Pedras de tamanhos variados foram arremessadas com violência e começaram a atingir o homem, que não reagiu nem tentou desviar. Algumas feriram-no, causando sangramento na cabeça e, mesmo assim, ele não reagia. A cada pedra lançada, Javier se afastava do grupo — para ele, o que estavam fazendo era um erro.

— Bianca, ele não está caindo! — Joana alertou.

— Mais pedras, mais pedras! — pedia Bianca, enraivecida.

Mulheres e crianças continuavam a jogar as pedras, e o homem, enfim, começava a dar sinais de desistência. Estava muito ferido: além da cabeça, algumas pedras grandes atingiram-lhe o joelho, causando uma fratura exposta. Aproximava-se cada vez mais do chão, segurando-se apenas com um dos braços para não cair por completo. Bianca, ainda eufórica com a ação, não parava, tampouco parecia se contentar com o resultado obtido até então. As pessoas se aproximaram do homem, que continuava a ser atingido com mais força a cada pedra lançada. Todo coberto do próprio sangue, fraturado, entregou-se, indo finalmente ao chão. Bianca, não satisfeita, avistou a maior pedra, pegou-a e, com toda a força que ainda lhe restava, arremessou-a direto na cabeça dele, que se abre, espalhando massa encefálica pelo chão.

— Mas que porra, Bianca, precisava disso?! — Joana ficou indignada.

— Ele já estava morto! — emendou sua mãe.

Bianca deu um leve sorriso de lado, satisfeita com a violência provocada.

— Mãe, vamos embora! Vamos, pessoal, vamos sair daqui logo! — Joana apressou o grupo.

— Ninguém vai sair daqui — Javier, ao fundo, falava baixo, quase sussurrando.

Exceto por Javier, que estava mais afastado, e Bianca, que parecia estar numa espécie de transe, o grupo estava prestes a fugir da caverna. Do lado de fora, caía uma chuva forte. Quando as três crianças, seguidas das outras duas mulheres, deram os primeiros passos para o exterior, sentiram seus corpos queimarem no mesmo instante – a chuva era ácida. Os egressos da caverna só tiveram tempo de gritar por alguns segundos. Logo, o sangue de suas veias foi se misturando com o líquido sob as rochas da entrada. Como tentavam reanimar Bianca, Joana e a mãe não tiveram contato com a chuva, mas, quando viram o que aconteceu com aqueles que as acompanhavam, entraram em desespero.

– Eu sabia! Eu disse que seria um erro! Agora vocês realmente nos condenaram! – Javier estava revoltado.

Ao ver Joana em estado de choque, a mãe lhe deu um tapa no rosto para que retomasse a consciência. A filha despertou aos gritos, não acreditava que vivia todo aquele terror. A mãe, enquanto isso, tentava segurar Bianca, que ficara inconsciente quando a chuva começou a cair.

– Joana, reaja, filha! Preciso de você, preciso que você se concentre para me ajudar com a Bianca – a mãe pedia, aos prantos.

– Mãe, o que está acontecendo? O que está acontecendo? – Joana não parava de chorar.

– Não sei, filha, mas sinto que o Javier sabe e está escondendo algo!

Joana, que estava sentada, levantou-se, séria, e foi em direção a Javier, que se assustou com a aproximação e tentou fugir, mas ela o alcança, dá-lhe um forte puxão, joga-o no chão e acerta-lhe um soco na boca, exigindo respostas:

– Diga! Diga para mim, o que está acontecendo aqui?! Diga logo, porra!

— Eu avisei, juro que avisei que seria um erro! Agora estamos ferrados! — Javier respondeu.

— Ferrados como? — perguntou a mãe de Joana.

— Lembra quando eu disse que aqui são as ruínas de uma antiga civilização?

— Sim, mas o que uma antiga civilização que não existe mais tem a ver com tudo isso? — Joana retrucou.

— Aí que está o problema, eu nunca disse que essa civilização foi extinta. Só não vivem mais aqui na beira da caverna, mas na profundeza, e esse é um lugar que nem em meus piores pesadelos eu gostaria de visitar.

— Então você está dizendo que a tal civilização ainda existe e é responsável por todo este caos? — perguntou Joana.

— Exatamente! — Javier confirmou.

De repente, Bianca empurrou a mãe de Joana, olhou para Javier e Joana e, com um semblante triste, correu escuridão adentro. Javier tentou impedir, mas Bianca desviou dele com um salto fora do normal, alcançou a parede e deu alguns passos em direção a uma fenda no interior da caverna. A mãe de Joana gritou por Bianca, em vão. Os que ali ficaram se viram ainda mais sozinhos, sem recursos e desesperados. Se para fora da caverna um dilúvio mortal continuava, para dentro havia uma provável civilização maldita.

— Por mais difícil que seja admitir, precisamos seguir em frente por dentro da caverna, mesmo sendo uma péssima ideia. Já estamos há muitas horas aqui, sem comida, sem água e quase sem esperança. Se formos para fora, morreremos com a chuva. O jeito é entrar e arriscar, torcer para que tenhamos uma morte rápida — Javier disse.

— Não seja tão pessimista! — recomendou a mãe de Joana.

Javier cai na gargalhada.

— Não ser pessimista? Só pode ser brincadeira, porra! Olha a nossa situação, será que você não percebe o quanto estamos fodidos?! — Javier, revoltado, gritava.

— Cale a sua maldita boca, Javier — Joana ficou indignada.

— Então mande sua mãe parar de falar merda! Não há pessimismo: a situação é péssima, ponto-final!

— Cala a boca, cala a boca! Cala-a-porra-da-tua-boca! — disse Joana, explodindo em irritação.

— Filha, calma, precisamos de calma! — recomendou sua mãe.

— Como ter calma com um cara assim? A maior parte do nosso grupo está morta, Bianca desapareceu e é tudo culpa dele!

— Tudo culpa minha? Nem fodendo! Eu aceitei o trabalho de ser o guia de um grupo de turistas, o itinerário não sou eu que planejo, então não vem dizer que é culpa minha!

Joana tentava se acalmar, afastando-se de Javier, enquanto a mãe tentava uma nova abordagem.

— O.k., Javier, vamos começar de novo. Acho que não fomos devidamente apresentados, meu nome é Ana.

— Certo, Ana. Gostaria que estivéssemos em melhores circunstâncias, peço desculpas pela minha euforia — Javier admitiu.

— Tudo bem! Vamos nos concentrar em sair daqui, então. Se não vamos embora pelo lugar que entramos, temos que encontrar outra saída e, para isso, temos que explorar esta caverna — Ana disse.

— Sim, concordo! Mas o que existe lá dentro vai nos matar! — Javier alertou.

— Como você tem tanta certeza disso? Se não tentarmos, jamais saberemos — Ana retrucou.

— Que Deus tenha piedade de nossas almas! Caminharemos rumo ao inferno.

12

Passados alguns minutos, Joana, mais calma, juntou-se à mãe e a Javier para iniciar a jornada rumo aos túneis escuros da caverna. Para entrar, teriam que passar por uma fenda minúscula ao fundo, a mesma por onde Bianca entrou. Quanto mais se aproximavam, mais putrificado ficava o ar, deixando-os nauseados, o que, ainda assim, não os impediu de atravessar a passagem. Primeiro, Javier, seguido de Joana e, logo atrás, Ana. Seguiram sem muita dificuldade, mas, a cada passo, o túnel se tornava mais escuro.

— Vamos dar as mãos, precisamos estar juntos se quisermos sobreviver aqui dentro — Javier sugeriu.

A escuridão tomava tudo e todos. Qualquer passo em falso poderia condená-los. Nenhuma dessas pessoas jamais imaginara que estaria vivenciando tais episódios de mais puro terror.

Com extrema cautela, os três caminhavam devagar, esbarrando nas paredes e em objetos aleatórios pelo caminho. O túnel parecia ser uma linha reta com pequenos desvios. A escuridão não dava trégua e o silêncio era perturbador: ouviam-se apenas os passos e a respiração ofegante dos três.

Duas horas já haviam passado e talvez não tivessem percorrido sequer quinhentos metros, já que mais se esbarravam do que andavam.

— Não adianta, não há para onde ir! Sinto que estamos andando em círculos — Ana reclamou.

— Quem está sendo pessimista agora? — Javier ironizou.

— Silêncio! — pediu Joana.

— Minha filha!

— Mãe, silêncio! Por favor, silêncio! Escutem! Escuto vozes!

— O quê? Que vozes? Só escuto sua respiração — Javier disse.

— Porra, presta atenção! Parece que vêm de cima. Não é possível que vocês não escutem!

— Minha filha, eu não estou escutando absolutamente nada.

— Eu digo o mesmo! Parece coisa da sua cabeça, Joana. Ignore, só você está ouvindo — Javier sugeriu.

— É sério! As vozes estão tentando me dizer algo, mas não estou conseguindo entender...

— Chega, isso é ridículo! Nem eu nem sua mãe estamos ouvindo essas vozes, não tente acrescentar mais tormento à nossa situação. Vamos seguir em frente, precisamos encontrar uma saída urgentemente!

— Javier, não estou ficando maluca, não ainda. Estou escutando essas vozes no teto. São vozes de crianças, algumas rindo, outras chorando — Joana explicou.

— Para de besteira, sério! — Javier disse, revoltado.

— Sinceramente, gostaria que tudo fosse mentira, um pesadelo horrível, mas parece que não. Estamos vivendo isso de verdade.

— E como tem tanta certeza, minha filha?

No mesmo instante, Joana soltou a mão de sua mãe:

— Porque ele me disse isso!

Antes que Ana pudesse falar qualquer coisa, mãos agarraram-na por trás, imobilizando seu rosto, braços e pernas, puxaram-na com força e ela, também, desapareceu. Javier, que não conseguia ver o que estava acontecendo, ficou sem entender o que Joana disse.

— De quem você estava falando, Joana? — perguntou Javier.

— De você, é claro — Joana disse, sarcástica.

Ambos continuaram a andar, sem que Javier se desse conta de que a Ana já não estava mais entre eles.

— Estou cansado! Vamos descansar um pouco.

— Mas é óbvio que não!

— Joana, já estamos andando há horas e nenhum sinal de nada, absolutamente nada. Eu estou cansado, sua mãe deve estar cansada e, sem dúvidas, você também está cansada — insistiu Javier.

— Eu e minha mãe estamos bem, obrigada! — Joana retrucou.

— É mesmo? Ana, concorda com sua filha? — perguntou Javier.

Joana respondeu pela mãe, imitando sua voz com perfeição:

— Sim, estamos ótimas! Podemos prosseguir, por favor?!

— É sério? Inacreditável! Já que insistem, vamos seguir! — Javier respondeu, frustrado.

De mãos dadas, Javier e Joana seguiam pela escuridão por tantas horas que não sabiam mais havia quanto tempo estavam ali dentro. Sentiam que andavam em círculos, numa espécie de espiral que perfurava as entranhas da caverna. Em um determinado ponto, enfim chegaram ao fim de algo. Javier deparou-se com uma parede viscosa, com um odor insuportável de podridão. Verificou as extremidades e percebeu que se tratava de uma parede pequena; com os dois braços aberto era possível sentir também as paredes laterais.

— Joana, é o fim!

— Não! Eu digo que não!

— Como não? Estamos andando há horas, já nem saberia como voltar e aqui parece ser o fim da linha — Javier insistiu.

— Não é o que as vozes me dizem.

— Mas que porra de vozes?! Quer parar com isso?! Já não aguento mais! Que merda, Joana!

De repente, ouvem-se batidas na parede, como se dezenas de pessoas batessem as mãos na estrutura. Javier se assusta, afasta-se e pergunta quem são.

— Javier, calma, eles são amigos!

— O que está acontecendo? Amigos? Joana, o que está acontecendo? — Javier estava com medo.

— As vozes, elas me disseram para não nos preocuparmos — Joana tentava reconfortá-lo.

— Ana, me ajuda aqui, o que está acontecendo com a sua filha?

— Minha mãe já não está mais entre nós. Ela foi convocada!

— Convocada? Para quê? Joana, para quê?

— Para a Ordem!

Javier, sem saída, tentou se afastar de Joana o máximo que podia, mas ainda não enxergava nada no caminho. Foi esbarrando no que não via e bateu com o joelho em uma barra de ferro, caindo no mesmo instante. Uma criança surgiu, segurou Javier pela cabeça e chutou-a repetidas vezes para que desmaiasse.

— Levem-no para dentro — Joana ordenou — e, por favor, mantenham-no bem amarrado. Não quero surpresas.

— Como quiser, mamãe.

13

"O maior dos pesadelos é um paraíso comparado a este lugar escuro, nefasto e esquecido por Deus. Não há como descrever o horror que espreita as profundezas da caverna. Este lugar é pior que qualquer definição de inferno." – Javier.

– Joana? Joana? Onde está você? Onde estou? – Javier estava desnorteado.

– Quem é Joana? – perguntou uma criança à outra ao lado.

– Quem está aí?

– Ele quer saber de nós! – disse a criança, rindo.

– Responda! Quem é você? E por que não estou conseguindo me mexer?!

Sem enxergar em tamanha escuridão, Javier sentiu que estava imobilizado nos pés e nas mãos. Tentou se soltar, mas todo o esforço foi em vão. Havia duas crianças que cochichavam e riam – tudo parecia não passar de uma brincadeira. Sentia muita dor, na cabeça e nos joelhos, e lembrou que seu joelho foi atingido, mas, por sorte, não quebrou. A cabeça parecia querer explodir – fora agredido a chutes poucas horas antes e ficou desacordado por bastante tempo, pouco se lembrava de como chegara a essa situação. Sua última lembrança era de discutir com a Joana sobre uma parede e, de repente, ver-se imobilizado, ouvindo duas crianças conversarem entre si.

Escutou tambores, cada vez mais alto.

— Está começando! Precisamos ir! — disse uma das crianças.

— Ir para onde? — Javier perguntou.

— Ele quer saber para onde — a criança riu para a outra.

As duas saíram correndo, deixando-o para trás. Ele gritou para que retornassem e o soltassem. Em vão. Sem muitas opções, arrastou-se para tentar encontrar algo que o libertasse das amarras. O material que o continha parecia ser de cipó, fácil de arrebentar. Rastejou para o mais longe que conseguia dos sons de tambores e gritos de multidão — não fazia a menor ideia do que estava acontecendo, tampouco gostaria de saber, só queria fugir. Entre lama e pedras, Javier continuava se rastejando e, a cada impulso, feria-se nas pedras pontiagudas pelo caminho. O sangue se misturava com a lama, e para as criaturas que ali viviam, audição e olfato eram os sentidos mais aguçados.

Por mais distante que estivesse indo, os sons dos tambores pareciam se aproximar. Os gritos cessaram, restou apenas a batida frenética dos tambores no ar. De repente, alguém pisou no corpo de Javier. Ele gritou, e os tambores também cessaram.

— Para onde pensa que vai, meu amor? — perguntou uma mulher de voz misteriosa.

— Quem é você?

— Não me reconhece mais? Sou eu, a quem você chama de Joana!

— Joana, por favor, me ajuda! — ele implorava.

Joana riu.

— Eu vou te ajudar! Mas preciso ir a um lugar antes. Enquanto isso, meus filhos se encarregarão de você.

— Joana, sua maluca! Me tira daqui! — Javier gritava, desesperado.

Na penumbra, Javier conseguia enxergar Joana, toda nua diante dele, com os olhos tão negros quanto a escuridão à sua volta e um sorriso apavorante. Ela passou por cima dele, ignorando-o. Antes mesmo que ele pudesse falar uma palavra, algum indivíduo que não pôde ser identificado colocou-lhe uma mordaça na boca e começou a puxá-lo, arrastando-o em direção ao caminho em que ia Joana. Arrastado pelas pedras, Javier sofria. O caminho parecia não ter fim e seus gritos eram abafados pela mordaça.

Ao redor, crianças acompanhavam o que acontecia parecendo eufóricas, enquanto alguns adultos, logo atrás, seguiam a caminhada em silêncio. De repente, Javier foi jogado numa espécie de cratera rasa, os tambores recomeçaram em um ritmo frenético e tochas se acenderam no ambiente, fazendo com que ele pudesse enxergar o suficiente para identificar com quem estava lidando.

E, de novo, os tambores cessaram.

— Ah, finalmente! — Joana senta-se à beira da cratera, olhando para Javier, que tenta dizer algo, mas não consegue. Ela ordena, então, para que um de seus seguidores retire-lhe a mordaça.

— O que você pensa que está fazendo, Joana? Me solta desta porra agora!

— Ei, fale baixo, meu amor. Aqui, quem manda sou eu. Quem você pensa que é? — ela debochou.

— Joana, é sério! Me tira daqui agora!

Uma das crianças que estava por perto dá-lhe um chute na boca.

— Se afaste, seu maldito! Deixe meu homem falar! Se o chutar novamente, te jogarei às larvas — Joana gritou.

A criança abaixou a cabeça e afastou-se. As outras grunhiam em resposta à ameaça de Joana de jogar uma delas às larvas. Logo,

Javier percebeu que temiam estas criaturas. Sem opções de diálogo, ele procurou entender o que estava acontecendo por outra abordagem, tentando não se deixar dominar pelo pavor causado pela situação surreal que vivenciava.

— Joana, me responde uma coisa: como você foi se envolver com tudo isso?

Ela olha para ele atenta, dá um leve sorriso lateral e respira fundo.

— Meu amor, é uma longa história. Algum dia eu conto, mas não será hoje. Hoje, vamos comemorar!

— Comemorar o quê?

— A nossa coroação!

— Coroação? Que porra de coroação?

Joana olhou para um dos acompanhantes ao lado e fez um sinal com a cabeça para que fosse em direção a Javier. Com medo, ele se debatia no chão tentando se soltar das amarras — de novo, em vão. Joana e as crianças riam ao fundo. O indivíduo levanta Javier e arrebenta o cipó que o prendia nas mãos e nos pés.

— Javier, estamos soltando suas amarras, mas não ouse tentar fugir, de nada irá adiantar — alertou Joana. — Como percebe, além daqui há somente escuridão. Meus filhos estão em todos os lugares e podemos sentir o seu cheiro a quilômetros de distância. As crianças são rápidas, são as únicas que conseguem falar e ainda não foram adestradas. Já meus filhos adultos possuem olhos e bocas costurados, seus sentidos são altamente aguçados e, qualquer movimento seu, te acharão.

Joana, com o olhar sombrio e sem esboçar nenhum sorriso, avisou Javier do que esperar se tomasse alguma atitude que ela considerasse idiota. Já ele, congelado de medo e observando melhor a fisionomia dos que o cercavam, em especial dos adultos, acreditava que, de fato, o melhor a fazer era ficar e escutar o que ela tinha a dizer.

— Não tenho para onde ir. Aliás, não saberia para onde ir — disse, desanimado.

— Você tem razão, não há para onde ir! — Joana reforçou.

— Quem são vocês? O que querem de mim?

— Calma, meu amor, vamos por partes! — ela ria. — Você deve ter ouvido os tambores, correto?

— Claro que ouvi!

— É, não tinha como não ouvir — ela continuava rindo e as crianças imitavam. — Calem-se! — gritou para elas. — Como estava dizendo, os tambores fazem parte da nossa cerimônia. Nada do que aconteceu até agora foi por acaso, você precisava estar aqui tanto quanto eu — revelou.

— Como assim eu deveria estar aqui tanto quanto você?

— Sim, você é essencial para esta cerimônia. Eu terei um filho seu!

Ele ficou sem palavras. A situação era tão absurda que se negava a acreditar que tudo fosse verdade.

— Não, Joana, absolutamente não! Quero que você me tire deste lugar, por favor — suplicou.

— Em qual parte você não entendeu que não poderá sair daqui? E, Javier, estou apenas informando, você não tem condições de negar!

— Joana, eu te imploro, me tira daqui, por favor.

14

Ela deu mais um sinal para seus acompanhantes pegarem-no. Encurralado, ele correu em direção às crianças, que eram muitas, mas conseguiu atravessar, ainda que com dificuldade. Pouco à frente, despencou de uma altura que seria suficiente para matá-lo, mas encontrou abaixo um enorme poço com um líquido viscoso. Tentou nadar, mas o líquido, que parecia uma espécie de areia movediça, acabou puxando-o cada vez mais para baixo.

— Tirem-no de lá, rápido! — Joana gritou.

As crianças se afastaram, tinham medo do poço. Os adultos foram resgatá-lo. Larvas começaram a surgir na lateral. Eram gigantes, as bocas eram cheias de espinhos por dentro — uma vez que algo entrasse ali, jamais poderia sair; seria uma morte dolorosa e lenta.

Antes que as larvas pudessem chegar a Javier, que estava quase submerso, conseguiram retirá-lo dali. Quase inconsciente, foi levado para a cratera rasa.

— Tirem a roupa dele! — Joana ordenou.

As crianças se encarregaram de rasgar suas roupas enquanto um dos adultos levava em uma espécie de caneca uma substância pastosa que foi passada sobre o pênis de Javier. Os tambores começaram a tocar mais uma vez, as crianças gritavam e os adultos dançavam. Joana observava Javier deitado no chão, no meio da cratera.

Longe de todo o alvoroço, na escuridão, três indivíduos também observavam: um homem e duas mulheres, uma em cada lado.

— Bianca e Ana, vão e ajudem-na! — disse o homem, que recuou e desapareceu completamente nas sombras, enquanto as duas caminhavam em direção à cratera. Ao perceber a aproximação, Joana ficou ainda mais animada.

— Já estava me perguntando em que momento vocês viriam para compartilharmos este momento. Vocês chegaram a tempo. A pasta ainda não surtiu efeito, mas deve acontecer logo.

Ainda um pouco desnorteado, Javier sentia o corpo em chamas, mas não havia fogo — estava queimando de dentro para fora. A pasta que haviam colocado em seu pênis, que estava enrijecido, começava a tomar uma forma líquida e escorrer pelas pernas. Percebendo que já havia conseguido o efeito esperado, Joana também começou a dançar em volta dele enquanto Bianca e Ana derramavam óleo sobre o corpo do homem.

— Joana, ele está pronto! — disse Bianca.

— Certo. Agora, afastem-se todos vocês.

Ele ainda sentia como se tivesse labaredas no corpo, mas, por mais que se esforçasse, parecia estar imobilizado de alguma forma — não tinha nenhum controle. Joana se aproveitou da vulnerabilidade e foi para cima de Javier, penetrando seu pênis enrijecido na própria vagina. Em poucos minutos, Javier ejaculou dentro de Joana, que sentiu fortes vibrações no útero. Javier desmaiou.

— Finalmente! — disse aliviada.

— Já era hora mesmo, precisamos reunir todos para o grande momento — Bianca falou.

— Sim, vamos nos encontrar com nosso pai. Ele já deve estar nos aguardando — Joana comentou.

— Não! Este não é o momento — interrompeu Ana.

— Como assim não é o momento? — Bianca perguntou. — O nosso pai foi muito claro; após a cerimônia, devemos ir a seu encontro para dar continuidade ao ritual.

— Sim, mas se deixarmos Javier desmaiado aqui, as larvas vão consumi-lo.

— Foda-se ele — disse Joana.

— É, foda-se ele! Mas que merda, Ana, precisamos ir!

— Não. Eu vou ficar! — Ana insistiu.

Durante a discussão, as crianças jogavam pedras em Javier, que ainda estava inconsciente e, mesmo com as violentas pedradas, não despertava. Os adultos permaneciam imóveis escutando a discussão das três.

— Que seja! — Joana desistiu.

As duas deram as costas para Ana e seguiram um caminho escuro rumo ao encontro com o homem a quem chamavam de pai. Ana, com um inesperado instinto de proteção, afastou as crianças de perto e deitou-se sobre o corpo de Javier, machucado e ensanguentado. Começou a chorar próximo ao ouvido dele e a pedir perdão por todo o tormento que o fez passar, fingido ser quem não era, trazendo-o para um buraco maligno. Ele continuava desacordado e ela tentava despertá-lo, mas, antes que conseguisse, Bianca surgiu ao seu lado. Ana se levantou um pouco, o suficiente para que Bianca a acertasse na cabeça com toda a força, derrubando-a. Não satisfeita, Bianca continuou a golpear várias vezes a cabeça de Ana, até esmagá-la por completo. Joana, mais ao fundo, observava toda a cena com um sorriso. As crianças em volta gritavam tão alto que seus gritos ecoavam por toda a caverna. Os adultos correram e se perderam na escuridão. Larvas caíam do teto, fazendo com que as crianças também corressem. Em meio às larvas, Bianca pegou pedaços da cabeça de Ana e jogou-os como migalhas para os bichos, derramando uma porção por cima de Javier para que as criaturas se deliciassem em seguida. Joana apressou Bianca para que saíssem logo dali. Elas vão embora deixando Javier desacordado, prestes a ser devorado.

As larvas eram lentas, demoravam para consumir o alimento, por menor que fosse, tornando a morte lenta e dolorosa para aquele que acabasse devorado por elas. Além da boca repleta de espinhos, produziam uma saliva ácida que ajudava devorar suas presas.

Javier desperta sentindo dor – uma das larvas o alcançara e já havia consumido boa parte de uma perna. Puxou o que restava da coxa numa súbita reação desesperada, cortando-a pela metade e deixando um rastro de sangue ao se rastejar em fuga. Conseguiu engatinhar mais rápido, afastar-se da maioria delas, que estava concentrada nos restos de Ana.

Alguns metros adiante, percebeu um caminho iluminado por pequenas tochas e, ao alcançá-las, pegou uma para estancar o ferimento da perna. A dor era quase insuportável, e, por pouco, ele não desmaiou, mas conseguiu cauterizar o ferimento com muito esforço – sem poder gritar, mas com lágrimas e suor. Por alguns instantes, descansou encostado numa parede. Nada se escutava nos túneis além de sua própria respiração. Decidiu seguir por aquele caminho das tochas: era estreito, repleto de pequenos obstáculos com pedras pontiagudas e, cada vez que engatinhava, esfolava os joelhos. As lágrimas de dor tornaram-se constantes. Seguia por um caminho duvidoso, penoso, com a morte à espreita, no pé do ouvido, mas insistia em continuar apesar de tudo o que sofrera até ali.

Depois de tanto engatinhar, já rastejando no próprio sangue, chegou ao fim do caminho com as tochas e deparou-se com uma pequena fenda, onde era possível apenas observar – não havia espaço nem para passar o braço. Aproximou-se da abertura, percebendo uma pequena luminosidade e alguns barulhos. Espiou e não acreditava no que via:

— Isso é impossível!

Pela fenda, Javier parecia presenciar o passado. Via seu antigo grupo de turistas se protegendo na entrada da caverna, via a si mesmo entre eles e o caos que se instalava diante do surto de um dos homens que acompanhava o grupo. Gritou, mas seus gritos se misturavam com os outros e ninguém o ouvia, já que outro Javier também gritava para controlar o pânico das crianças e mulheres do grupo.

— Está perdendo seu tempo, Javier — Bianca surge de repente atrás dele.

Ficou apavorado, começou a suar e seu corpo paralisou. Virou--se um pouco para enxergar Bianca, que estava agachada e com a cabeça inclinada para o lado. Fitou Javier e disse-lhe para não ter medo, porque naquele momento não faria nada de ruim, que só queria que ele observasse o tumulto pela fenda.

Para ele, era impossível não sentir medo, mas balançou a cabeça assentindo e virou-se mais uma vez para observar. Antes mesmo de conseguir enxergar alguma coisa, Bianca colocou o queixo sobre o ombro de Javier e disse em seu ouvido que não suportaria a verdade. Ele a questionou, queria saber que verdade era essa. Empurrando sua cabeça contra a fenda, ordenou que assistisse, sem perguntas.

Javier notou Joana, a própria Bianca e Ana tentando acalmar as pessoas, enquanto o outro Javier estava encolhido no fundo da caverna, assustado. As crianças estavam fora de si, uma das mulheres teve que dar um tapa no rosto de uma delas para que se acalmasse — tanto essa quanto as demais mulheres do grupo estavam fora de si e passaram a ficar mais intolerantes e impacientes. Viu a si mesmo confrontando Joana diversas vezes, não conseguia entender nada da discussão, mas lembrava que era por conflito de opiniões.

— Isso é tão familiar, não é, Javier? — Bianca ria.

— Claro que é familiar, parece que estou vivendo numa espécie de *loop*.

— Você é tão ingênuo!

Javier não entendia o que Bianca queria dizer, mas continuava observando os acontecimentos pela fenda e notava que, em um pequeno intervalo de tempo, pareciam dar uma espécie de salto temporal. Os fatos aconteciam de maneira específica e não continuavam como ele se recordava. Via as mulheres e crianças jogando pedras para fora da caverna. Dali, não consegue ver em quem estão jogando, mas lembra-se de que era por causa de um maníaco que não permitia que saíssem. No entanto, Javier recorda-se muito bem do que se seguiu. O outro Javier, encolhido ao fundo da caverna, assistia a tudo, temendo o pior.

— Espero que possamos sair daqui logo, estou à beira da loucura — disse.

— Ninguém vai sair daqui! — por trás da fenda, Javier falou baixo, quase sussurrando.

15

Javier escutou sua própria voz, mas deduziu que fosse uma alucinação e ignorou.

— Eu avisei que era só para observar! — Bianca se irritou e enfiou uma espécie de espeto na ferida cauterizada de Javier. Quando ele ia gritar, ela tampou sua boca e disse-lhe ao ouvido que deveria se manter em silêncio, ou da próxima vez não enfiaria o espeto na ferida. Mantendo-lhe a boca fechada até que se acalmasse, retirou o objeto. Javier se acalmou, mas sentia uma dor terrível. Respirou fundo e respondeu para Bianca, apenas assentindo.

— Ótimo! Espero que agora estejamos de fato entendidos. E olhe agora, observe atentamente o que vai acontecer com aquela Bianca.

Após o apedrejamento, a outra Bianca fica em estado de transe.

— Javier, só observe e não saia daqui — ela orientou antes de desaparecer atrás dele.

Ele viu a outra Bianca empurrar Ana, o outro Javier tentar segurá-la, mas ser surpreendido com um salto sobre-humano de Bianca, que desapareceu entrando em outra fenda, aumentando o pânico no grupo.

— Voltei! — Bianca avisou ao pé do ouvido de Javier, que se assustou.

— Como?!

— Engraçado você querer buscar razão para tudo isso que tem visto e sentido — falou, sarcástica. — Mas agora chega, vamos sair daqui.

— E eles? Preciso avisá-los para que não entrem na caverna.

— Seria inútil, vão entrar assim mesmo — ela riu.

— Eles não podem entrar! Preciso evitar antes que seja tarde demais.

— Eles já estão condenados, tanto quanto você, Javier. Relaxe e deixe que morram, é o melhor que pode fazer por eles.

— Mas você está falando de mim, da Joana e da Ana. Eles não sabem o que está por vir ainda, ainda posso evitar! — ele estava agoniado.

— Não seja ridículo! Aquele Javier irá passar pela mesma situação que você está passando agora, e terá outro Javier, e mais outro, e mais outro, e mais outro e sabe-se lá quantos mais. Como eu disse, ele está tão condenado quanto você. Agora, me acompanhe se rastejando, já que você não pode ficar de pé — caçoou.

Não acreditando, Javier tentou gritar para que os outros tentassem, de alguma forma, não entrar na caverna e aguardar algum milagre para fugir desse lugar, mas, antes mesmo que pudesse emitir qualquer som, Bianca empurrou sua cabeça contra a parede a ponto de quebrar seu nariz com o impacto, pegou-o pelo cabelo e arrastou-o de volta pelo caminho. Em um determinado ponto, ela revirou algumas pedras, revelando uma abertura no chão, onde despejou Javier, que escorregou buraco abaixo. Ela foi logo atrás, descendo como uma aranha, apoiando braços e pernas pelas laterais do buraco. Os dois chegaram ao final, Javier caiu numa espécie de lago subterrâneo e Bianca transitou pelo teto até atingir a margem.

As crianças entraram na água para resgatar Javier, mergulharam e retiraram-no de lá. Ao chegar à margem, ele soluçou e cuspiu um pouco de água que engolira quando estava submerso. Sem poder se levantar e muito menos correr, viu-se numa situação ainda mais assustadora. Havia centenas de pessoas com boca e olhos costurados, entre elas várias crianças, algumas também da mesma forma. Sobre sua cabeça, havia um aglomerado de pequenas fendas, com pessoas amontoadas umas nas outras – parecia ser uma espécie de moradia. Logo à frente, havia um altar e, em cima dele, uma mulher grávida. Ao lado dela, estava um homem parecido com os demais, mas era o único que não possuía costuras. Ele estava cantando para a mulher e, de repente, para.

– Aproxime-se – ele pediu.

No chão, bastante ferido e quase entregue à morte, Javier hesitou ao ouvir o chamado.

– Venha, Javier, aproxime-se. Não me faça chamar novamente.

Javier abaixou a cabeça, cuspiu sangue coagulado e levantou-se um pouco, negando-se a chegar mais perto. Um dos homens com boca e olhos costurados chutou-o forte no rosto e ele foi, então, carregado até o altar conforme ordenou o homem misterioso.

– Maldito! Eu já estou todo fodido, o que você mais quer de mim?

– O que eu quero? O que todos nós queremos! – disse o homem.

Prestes a responder, Javier percebeu que a mulher grávida em cima do altar era Joana, que estava quase parindo. O homem voltou a cantar num idioma que ele jamais escutara – quase impronunciável. De repente, tudo ficou escuro. As tochas que iluminavam o lugar se apagaram todas ao mesmo tempo, sem motivo aparente. As crianças que ainda não tinham a boca costurada começaram a gritar, os outros pareciam bater as palmas e pés no chão, frenéticos, Joana gritou e o silêncio se instaurou. Segundos depois, ouvia-se apenas o choro de bebês, que continuou por alguns minutos. A escuridão era tanta que não se enxergava nada, mas, aos poucos, o ambiente foi se iluminando. Pouco a pouco, as tochas se reacenderam por conta própria. Quando Javier percebeu o que estava acontecendo a sua volta, viu os outros ajoelhados em direção ao altar, como se saudassem alguém. Olhou para cima e viu Joana caída, com sangue escorrendo pela boca. Ao lado dela, aquele homem segurava um bebê em cada mão – duas crianças nasceram.

– Aqui, Deus não é testemunha e o Diabo é enganado. Neste momento, saudamos a reencarnação das crianças que colocarão fim a essa corja que conhecemos como humanos. Com muita honra, trago para vocês o início do fim: minhas crianças das trevas, os últimos da ordem Éden – o homem declarou. – Javier, abençoe seus filhos.

– Como é que é?! Meus filhos?!

– Exatamente, seus filhos! Você não lembra, mas algumas horas atrás houve uma cerimônia de acasalamento e você semeou minha filha. Ela se sacrificou por um bem maior e gerou estas crianças.

– Isso é impossível! Essas crianças não podem ser minhas!

– Você é tão cético quanto idiota, Javier. Estamos na Xibalba, lugar conhecido também como o inferno maia – explicou.

– Eu sei o que é Xibalba e isso não passa de mitologia!

– Olhe em volta! Isso parece mitologia? – o homem ria.

– E quem é você?

– Quem sou eu? Ah, eu possuo tantos nomes! Mas pode me chamar de Ariev.

– Nunca ouvi falar!

– Já, sim! Como eu disse, possuo muitos nomes. Às vezes me chamam de Satanás, outras vezes de Deus.

16

"O absoluto caos é uma brisa diante do terror que aguarda a humanidade com a ascensão das sombras. Da escuridão nasceu a esperança, a morte não será o fim dos condenados e a dor não reconhecerá limites no tempo." – Ariev.

Javier está aos pés do altar enquanto Ariev banha os recém-nascidos com o sangue de Joana, escorrido de sua vagina.

– Bianca, venha aqui! – Ariev ordenou.

– Sim, meu pai, o que deseja?

– Leve as crianças para o casulo, precisamos acelerar ainda mais o desenvolvimento delas.

– É claro, meu pai.

Entregou-lhe as crianças, que não se mexiam e pareciam mortas. Ariev pegou o corpo de Joana e lançou-o para a multidão que estava logo atrás de Javier, um aglomerado de adultos e crianças que Ariev revelou serem seus súditos e filhos, os Sombras. As crianças que ainda não tinham a boca costurada destroçaram os restos mortais e se alimentaram até o último pedaço, com exceção dos ossos. Bianca, que ainda estava ao lado de Ariev com os recém-nascidos, olhou para Javier com uma expressão feliz e retirou-se.

— Javier, rasteje até mim — Ariev pediu.

— Foda-se! Se quiser me matar, me mate logo, eu não suporto mais tudo isto!

— Te matar? Não, Javier, não mataremos você, você já está morto! Só não se deu conta disso ainda — Ariev debochou.

— Morto? Eu ainda sinto dor, sinto o ar, mesmo que podre, entrando em meus pulmões, eu ainda respiro vida!

— Uma vida que posso dizer que é ilusão, meu caro. Você acredita que é real, mas o que é real, de fato? Eu garanto, você morreu antes mesmo de entrar em minha casa. Aliás, olhe sua perna necrosada, comida por meus lindos animais. Você diz que sente dor, você não sabe o que é dor.

— Mas que merda! O que você quer de mim, caralho?! — Javier gritava, revoltado. — Preciso acordar deste pesadelo!

— Pesadelo?! — Ariev gargalhava. — Javier, você só está aqui por uma razão e te manteremos consciente por isso. Você está tão ligado a nós quanto Joana está ligada a mim. Mas você vai entender, logo vai entender muito bem, tenha certeza disso!

Os olhos de Ariev se avermelharam e seus longos cabelos negros tornaram-se cinza. Vestia um manto negro retalhado; por baixo, o corpo nu com inúmeras cicatrizes. Logo adiante, um dos Sombras acertou Javier na cabeça e ele desmaiou. Foi carregado e jogado em cima do altar. Ariev dá alguns passos para frente e prepara-se para um pronunciamento. Todos ficam quietos, aguardando atentos o que seu senhor tem a dizer.

— Meus filhos, é chegado o dia de ascendermos à superfície. Por milhares de anos, ficamos à mercê da Ordem. Por milhares de anos, me escondi, mas não me esconderei mais, dominaremos até o íntimo da humanidade, rasgarei qualquer regra da divindade. Hoje, renasceram as crianças que concretizarão a profecia e porão fim a esta guerra entre deuses para que eu reine absoluto e escravize quem me condenou. Subam e, nas sombras, espalhem a fúria aos humanos. Eles precisam morrer brutalmente entre eles mesmos.

Os Sombras obedeceram a ordem do pai no mesmo instante, com exceção das crianças que ainda não haviam sido preparadas e ficaram vagando pelos enormes corredores escuros da caverna. Os outros, mesmo aqueles com olhos e boca costurados, eram perfeitos para se localizar em qualquer ambiente, estavam acostumados desde pequenos a aprimorar seus sentidos. Eram centenas de Sombras correndo por corredores e mais corredores, parecia um enxame de abelhas se amontoando umas sobre as outras.

Ao ordenar o envio de seus filhos à superfície, Ariev violou todas as regras estabelecidas por uma ordem conhecida como Éden, que tinha o dever de manter o equilíbrio entre o céu e o inferno, entre anjos e demônios. Por milhares de anos, Ariev cedia seus filhos à Ordem para auxiliar no equilíbrio, mas o desdém que os membros tinham com suas crias era tanto que ele alimentava o ódio a cada vez que a Ordem enviava corpos – ou o que sobrava deles – e pedia reposição. Já o céu nada doava e ainda se mantinha como superior diante dos humanos. Isso revoltava tanto Ariev que, com sua primogênita, Joana, ele arquitetou uma forma de destruir a ordem, a humanidade e rebaixar qualquer entidade divina.

Joana, por outro lado, flertava com os humanos e podia reencarnar diversas vezes em diferentes corpos – sempre no gênero feminino. Algumas vezes, ela renascia sem consciência de sua real natureza, mas seu pai sempre sabia quem ela era. Enviava alguém da família ou influenciava humanos para mantê-la protegida, ainda que sem necessidade. Ariev sempre foi um pai desapegado. Seu principal interesse era expandir seu domínio, mas o mundo inferior, por mais ilimitado que fosse, ainda era inferior. Por vezes, Ariev arrumava uma forma de levar a filha novamente para casa, mas era sempre um processo difícil e doloroso que dependia da morte humana de Joana. Quase todas as vezes ela acabava reencarnada e, Ariev, cada vez mais frustrado.

— Javier, abra os olhos — disse Ariev, quase sussurrando.

Ainda inconsciente, Ariev repetiu o chamado e Javier despertou, assustado.

— Javier, siga-me.

Rastejando-se com dificuldade, em silêncio, Javier o seguiu. Por quase uma hora, iam por caminhos escuros e estreitos e Javier ficava cada vez mais cansado, até que não aguentou e caiu. Ariev continuou e só disse baixo que se levantasse e continuasse a se rastejar. Javier obedeceu. Poucos metros depois, Ariev para:

— Chegamos!

Em uma espécie de calabouço com lama no chão, Javier se rasteja aos pés de Ariev. Poucas tochas acesas iluminavam o ambiente e, ao centro, havia uma cadeira, simples e velha, que parecia não ter propósito.

— Javier, suba naquela cadeira.

Em silêncio, Javier segue a ordem e, com muito esforço, sobe na cadeira.

— Preste atenção, Javier. Esta cadeira é uma ferramenta para se projetar a outros espaços-tempo. Preciso que você leve uma mensagem à Joana, numa época não tão distante e que dará início à nossa rebelião. Nesse tempo, ela vive em um hospício e tem uma postura militante, sofre de constantes ilusões. O lado humano a corrompeu quase por inteiro. Seu objetivo é despertá-la através da própria dor e abraçar minha causa. Preciso que minha filha assuma sua real identidade!

— Como o senhor desejar. — Desde que fora acordado com um susto por Ariev, Javier se encontra numa espécie de transe.

— Fique sabendo, você confrontará uma Joana perturbada e abalada com seus atos. Ela assassinou seu esposo e os dois filhos, um deles ainda no ventre. Controlarei suas ações por daqui. Você me servirá apenas como um ventríloquo, já que não posso ir além, mas essa ligação é frágil e poderei perder o controle. Do outro lado, você poderá se corromper com as emoções humanas e, assim, posso me desconectar de você. Se isso acontecer, farei com que seu corpo aqui seja dilacerado por minhas criaturas durante vários dias. Você vai implorar pela morte e ela rirá enquanto você sofrerá. Não ouse me subestimar!

— Não se preocupe, não o decepcionarei!

— Assim espero.

Ariev se posicionou por trás de Javier, colocou as mãos em seus ombros e pronunciou algumas palavras indecifráveis para os humanos — ou para quase todos os humanos —, uma suposta língua antiga que carregava uma energia pesada. Uma neblina negra surge ao redor e envolve ambos dos pés à cabeça. Envoltos, Javier começou a gritar como se estivesse sendo torturado enquanto Ariev continuava repetindo as palavras. Ariev começou a sugar a neblina pelo nariz com tamanha força que quase o faz ser arremessado para trás, mas se mantém firme nos ombros de Javier. Com Javier desmaiado e Ariev tentando se recompor da carga de energia recebida, o silêncio tomou conta.

— Enfim, o elo negro foi estabelecido. Hora de confrontar minha filha.

Em outro plano, Javier sentia e escutava, fingia estar desacordado para acompanhar a interação à sua volta. Percebeu que uma mulher bem grosseira dava ordens para outras pessoas; mas só escutava uma única voz, a dessa mulher. Seu corpo estava imóvel numa espécie de cadeira comum e sentia um peso enorme sobre os ombros, mas não entendia o motivo. O elo negro fora estabelecido, mas a memória de Javier se distorcia, confundindo sua própria existência com lapsos de memórias de um passado que parecia não lhe pertencer. Ele abre os olhos e vê uma mulher, uma morena linda, assustada e urinada, toda de branco, usando uma camisa de força.

Ela conversava com Javier de maneira muito íntima, como se houvessem sido marido e mulher. Ele responde à altura, mas nada do que Javier dizia fazia sentido para ela – suas palavras pareciam ditas por outra pessoa. A conversa vai se tornando tensa: em um canto, uma mulher acuada com seu sofrimento angustiante, do outro lado, a sombra de um menino.

– Javier, ouça-me bem! O que você sente, ouve e vê, nada disso importa! Siga minhas orientações e deixe-a comigo – Ariev disse por telepatia.

– Essa voz, eu conheço essa voz! Quem é você? – perguntou Javier em sua mente.

– Quem sou não importa para você agora. Relaxe e deixe-me agir.

De repente, Javier não se via mais numa cadeira, mas dentro de uma banheira junto à mulher. Conversaram por alguns instantes, mas uma força incomum tomou conta dele e afundou a mulher pela cabeça em um líquido com odor pútrido. Do lado de fora do recinto, dois guardas perceberam pela janela na porta que ela se afogava no próprio vômito. Agiram depressa e entraram no quarto para salvá-la, mas é em vão e ela não resiste. Os guardas gritaram para que viessem os médicos, enfermeiros, alguém que pudesse ajudar, mas os gritos foram interrompidos pela porta do quarto, que se fechou de forma abrupta. Ao tentarem abri-la, a maçaneta ficou vermelha, quente, e um deles queimou a mão. O desespero tomou conta e a mulher morta começou a se contorcer. Gritavam de medo e uniram forças para chutá-la, para matá-la, de fato, pensando que ainda estivesse viva – a morte, porém, já havia chegado e a mulher passava por uma transformação que os faria testemunhar um horror que nunca tinham visto antes.

– Levante-se, Joana, minha filha. Você tem um dever a cumprir, faça-o! – ordenou uma voz na cabeça da mulher.

– Sim, meu pai – respondeu com uma voz diabólica.

17

Joana se levantou, rasgou a camisa de força com uma força descomunal e atacou os dois homens. Arrancou o olho de um deles, mordeu-os nos rostos e dilacerou suas peles. Não os matou, mas os deixou demasiadamente feridos. Tentaram se defender, mas Joana foi rápida e era forte demais para eles. Logo após quase matá-los, abriu a porta do quarto sem dificuldades e caminhou com calma por um corredor, descalça e toda descabelada, usando apenas uma calça branca, o corpo sujo com o sangue dos homens que atacara segundos antes. Em seguida, os dois também saíram do quarto, mas estavam descontrolados, numa fúria avassaladora – não com ela, mas com qualquer coisa viva que encontrassem pela frente. Quebravam tudo o que viam, e Joana, logo adiante, permanecia calma. Abriu uma porta ao final do corredor que dava acesso a uma espécie de área de lazer, onde estavam várias pessoas vestindo camisas brancas; guardas e enfermeiros. Todos se assustaram, mas antes que os guardas tentassem confrontá-la, os dois homens passam por ela enlouquecidos, atacando quem quer que fosse. Foi um enorme banho de sangue e ninguém conseguiu deter aquele horror – a que Joana assistia sorrindo.

Num segundo, todas as vítimas do ataque estavam caídas e dilaceradas. No outro, levantavam-se e ficavam enfurecidas. Joana possuía um razoável aglomerado de pessoas que não estavam sob seu controle, mas agiam conforme desejava, criando um completo caos a cada metro que percorriam. Tranquila, na entrada da sala, observando suas criações, ofegante, numa enorme piscina de sangue, assoviou para chamar atenção e todos se viraram para ela. Com apenas um olhar, daqueles que causam enorme calafrio, todos entenderam a ordem, de alguma forma, e dispararam em sentidos aleatórios, em pequenos grupos, derrubando portas e janelas.

Joana se virou e encontrou uma escada. Sozinha e fortalecida, subiu alguns andares para chegar até o terraço. Lá, percebeu algumas pessoas encurraladas, assustadas e confusas, sem entender o que estava acontecendo, que fugiram e se esconderam no topo do prédio por causa dos gritos perturbadores que ouviram.

— Quem é você? — perguntou um homem assustado que segurava uma barra de ferro. — Quem é você? O que quer de nós?

— É ela! É aquela puta doida da ala de segurança máxima — um segundo homem afirmou.

— Quem?

— Aquela, porra! Aquela paciente que fala umas palavras estranhas enquanto dorme.

— Puta merda! Então o que ela está fazendo aqui?

— Caralho, como posso saber?! Acerta ela, cara! Derruba ela!

— Não, é uma paciente do hospital, ela parece precisar de ajuda — disse o primeiro homem.

— Não, cara, não! Ela não parece precisar de ajuda, nós que estamos fodidos! Acerta logo a porra do ferro nela. Rápido — o segundo homem pedia, desesperado.

Enquanto ambos discutiam como agir, outros homens e algumas mulheres, que estavam desarmados logo atrás, gritavam e se desesperavam, esperando que o colega pudesse conter a ameaça. Era ingenuidade, porém, imaginar que isso poderia deter Joana. Todos já estavam mortos, só não sabiam ainda.

— Ei, moça, venha aqui, deixe-me ajudar — disse o homem que segurava a barra de ferro.

Joana o ignorou, virou-se para a beira do prédio e o lançou um olhar que o deixou em silêncio. Ele respirou fundo e, alguns segundos depois, acertou o rosto do outro homem, deslocando seu maxilar. Os golpes foram tão rápidos que não havia tempo para as outras pessoas fugirem — em seguida, atacou o restante do grupo. Os golpes não foram fatais, as partes atingidas eram os membros que imobilizariam, assim causando ainda mais sofrimento. Alguns desmaiavam com a dor, outros imploravam para que os golpes cessassem, e outros o atacaram, em vão. A fúria era incontrolável e cruel. Joana, ignorando a violência, observa da beira do prédio o terror se espalhando. Se minutos antes eram apenas duas, agora já eram centenas e, dentro de poucas horas, seriam milhares de pessoas em fúria, condenadas.

Por trás de Joana, que ainda observava do alto, surgiram aquelas pessoas ensanguentadas e ofegantes, quase todas com fraturas expostas, mas não demorou muito para que todas saltassem do prédio.

18

De um prédio com mais de dez andares, ninguém sobreviveria à queda, mas todos resistiram. Com dificuldade e ainda mais machucados, levantaram-se e seguiram adiante em direções aleatórias. Não importava o quão feridos pudessem estar, já estavam mortos, sustentados apenas por uma força avassaladora e incompreensível para espalhar o ódio, a fúria e o caos.

O plano de Ariev acontecia exatamente conforme previsto. Fazia milênios que ele procurava a oportunidade perfeita para realizá-lo e, agora, sua filha estava desperta e iniciara com sucesso uma rebelião na Terra, usando da sua influência sobre os humanos e da fragilidade deles, criando um exército de mortos com sede insaciável por sangue. Joana era a personificação do mal em seu maior grau, nem seu pai poderia ser tão sádico. Joana e seu pai estavam determinados a destruir tudo aquilo que era considerado divino, a qualquer custo.

Enquanto isso, Javier despertava do sono em que Ariev o manteve. Ainda estava na cadeira e, à sua frente, de joelhos, está Ariev numa espécie de meditação. Javier, sem uma das pernas, salta da cadeira e, rastejando-se, tenta fugir para longe dali.

— Para onde você pensa que está indo, Javier? — perguntou Ariev.

— Fique longe de mim, seu monstro de merda!

De repente, Bianca apareceu acertando outro forte chute na boca de Javier, que perde alguns dentes e, com sangue escorrendo da boca, desmaia.

— Já estava na hora de você aparecer, Bianca — Ariev disse.

— Perdão, meu pai. Estive com as crianças e trago boas notícias. Elas já estão prontas — Bianca respondeu.

— Perfeito! Você sabe o que deve ser feito. Faça, sem demora!

— Sim, meu pai.

Bianca olhou para o fundo da sala e lá estavam as duas crianças, com os olhos tão vermelhos que pareciam chamas vivas. Ela as convocou para que se alimentassem do corpo caído de Javier. Deram um salto enorme e caíram sobre o homem, que despertou no susto e, com dor, gritou tanto que estremeceu a caverna. As crianças estavam insaciáveis e, aos poucos, foram arrancando cada parte de Javier até que os gritos parassem. Em questão de minutos, já não sobrava mais carne: vísceras, cérebro, sangue, tudo foi consumido como se houvesse dezenas de animais famintos em cima de um cadáver. Não poderia ter sido outra pessoa, outro alimento — teria que ser Javier, o pai delas.

— Venham, crianças, precisamos conversar — Bianca chamou.

As crianças olharam para Ariev, ainda de joelhos, com uma expressão um tanto sorridente, e abriram um singelo sorriso por mera imitação.

— Vão, minhas crianças, vão com a Bianca e façam exatamente o que ela exigir. Confio nela tanto quanto sei que vocês são predestinadas à conclusão da profecia que trará minha ascensão.

— É tão bom ver sua convicção, pai. De fato, alcançaremos nossa glória.

— A glória já é nossa, almejaremos neste instante apenas a devastação. Vá e não me decepcione!

— Sim, meu pai.

As crianças se levantaram e, segurando-se no longo vestido negro de Bianca, seguiram-na. Ariev continuou ajoelhado e sussurrando, como se estivesse invocando algo ou alguém. Após becos e mais becos, Bianca e as crianças chegaram a outra sala. Nas paredes havia vários troféus: eram cabeças humanas numa espécie de entalhamento preguiçoso, com traços pútridos nas faces. Cada uma tinha uma expressão diferente, a maioria feliz. As crianças adoraram; elas fizeram expressões felizes. Era uma sala enorme e, no meio, havia uma piscina cheia de sangue e restos mortais de várias criaturas, que brotavam e boiavam na superfície. Mais uma vez, as crianças adoraram. Tanto, que correram e mergulharam. Neste instante, alguém surgiu mais adiante dentro da piscina e, com uma voz serena, fez contato com Bianca.

— Ora, ora, ora! Enfim, a concubina de nosso pai decidiu me fazer uma visita, minha amada Bianca. Que saudade estava de você!

— E eu, do fedor do seu hálito, Onur — Bianca debochou.

Criatura diferente de qualquer forma humana, Onur era filho bastardo de Joana.

— O que me dá a honra de sua presença, Bianca?

— Preciso de sua ajuda. É sobre sua mãe!

— Minha mãe? Minha amada mamãe? — questionou, sarcástico. — Não quero saber de nada que venha daquela criatura que me cuspiu nas trevas.

— Pelo visto, você ainda a culpa!

— Não só a culpo como odeio com toda a minha força! Estou preso há incontáveis anos nesta piscina podre que nosso pai, Ariev, me jogou. E Joana, aquela puta, me ignorou completamente. E, agora, vem você precisando de minha ajuda para que me una a esta corja maldita? Você só pode estar de brincadeira!

— Você entendeu errado, meu amado Onur — Bianca tinha um leve sorriso no rosto.

— Realmente, não entendi. Explique! — ele exigiu.

— Percebe essas crianças se banhando em sua piscina?

— É óbvio! O que têm elas?

— São seus irmãos! Desta vez o ritual funcionou e elas vieram exatamente como deveriam: nasceram com a morte da unidade materna e se alimentaram da carne daquele que forneceu o sêmen. Estão prontas! — revelou Bianca.

— Então, está dizendo que essas crianças são fruto daquela porra de ritual que me tornou o que sou? Elas, o sucesso, e eu, o completo exemplo do fracasso? Como ousa vir até aqui e esfregar essa humilhação na minha cara? — Onur perguntou, revoltado.

— Não seja idiota, Onur. Eu preciso de sua ajuda para destruir a sua mãe e os planos do nosso pai. Não percebe a oportunidade que temos com essas crianças?

Onur se calou no mesmo instante e, com um olhar sério, observou as crianças banhando-se na piscina de sangue.

— Quais são seus planos, Bianca? Agora você conseguiu despertar minha curiosidade, além do meu interesse.

Onur, com seus quase dois metros e meio de altura, levantou-se da piscina e, entre suas pernas, parecia não existir qualquer órgão genital. Diziam que havia sido amputado quando pequeno, o que não era verdade, pois seu pênis estava sempre escondido debaixo de uma camada grossa de pelos que cobria boa parte do seu corpo, do peitoral até as pernas. Em razão do seu tamanho e por muitas vezes ficar acuado na escuridão, ficara corcunda. Por séculos vivia na piscina, alimentando-se somente dos restos que surgiam no sangue.

— Não gostaria de despertar só o seu interesse mas também sua fome de vingança. Sabemos do que você é capaz, preciso de você agora mais do que nunca! — disse Bianca.

— Certo. Mas ainda aguardo você me dizer quais são seus planos — Onur estava ficando entediado.

Bianca se aproximou devagar e, com um olhar envolvente e sedutor, tocou seu peito cabeludo com uma mão e com a outra acariciava o local que estaria seu pênis entre os pelos, provocando-o, e pediu a ele que abaixasse a cabeça para falar no seu ouvido.

— Além de se vingar daqueles que lhe fizeram mal, o que pensaria se eu falasse que você não é exatamente você? Que sua imagem e propósito foram trocados pela existência imunda de agora? Eu possuo o conhecimento, sei dos meios para que você possa se libertar desta maldição que tem chamado de vida — Bianca revelou.

As crianças, ainda na piscina, começaram a rir da expressão assustada de Onur, incrédulo diante das palavras cuspidas por Bianca.

— Você está aqui embaixo há muito tempo, muito mais do que imagina. Talvez seus dias neste poço estejam contados. Dou a chance de resgatar o que roubaram, basta confiar em mim — ela continuou. — Crianças, saiam da piscina. Precisamos ir embora.

— Se o que você diz é verdade, farei o que for preciso para resgatar seja lá o que for, pois viver por mais um dia aqui é aceitar os horrores do meu falso destino. Diga-me, como posso ajudá-la?

Bianca entregou-lhe um bilhete que dizia conter as orientações, mas não havia nada escrito nele. Onur ficou confuso:

— O que é isto?

— Jogue seu esperma nesse pedaço de pano, o bilhete. Somente seu esperma nojento poderá revelar as informações que estão aí. Logo, não faça isso em qualquer lugar. Nunca sabemos quem pode estar à espreita — explicou Bianca.

— Interessante precisar do meu esperma para revelar as informações, uma vez que todos sabem que sou um eunuco.

— Interessante você achar que eu não saberia do único propósito do seu nojento esperma. Nosso pai cuidou muito bem para que você jamais pudesse procriar com qualquer espécie. Ainda não sei por quê, mas algumas coisas só poderão ser reveladas em contato com esse seu líquido asqueroso. Não me subestime!

Bianca pegou as crianças pelas mãos e foi embora, não antes de dizer que Onur deveria agir imediatamente após ler o bilhete e encontrar-se com ela no lugar ali descrito, ao que ele assentiu.

— E agora, o que está escrito neste maldito bilhete? No momento em que as informações forem reveladas, terei que agir imediatamente. Nunca vi a Bianca tão séria, espero não me arrepender de tudo isto — sussurrou Onur.

Entrou na piscina e, com todo o cuidado, masturbou-se para, então, ejacular no bilhete que já estava submerso no sangue. As primeiras palavras começaram a surgir e, ansioso, começou a ler em voz baixa. A piscina começou a secar no mesmo instante e foi sugado para baixo, junto a pedaços de criaturas que ele desmembrara. No fundo, sem poder retornar à superfície, retomou a leitura e surpreendeu-se com o teor do que estava escrito:

Você já sofreu demais, meu amado Onur, está na hora de reivindicar o que é seu por direito! Você é uma vergonha para sua mãe e Ariev o ignora, porque você foi consequência de um desespero dele, que estuprou a própria filha, Joana. Na esperança de que nascessem as crianças da profecia, nasceu você, uma aberração! Ariev, furioso com o resultado, mandou Joana jogar você na piscina de sangue para morrer, mas você sobreviveu, alimentando-se de restos mortais, e cresceu na amargura solitária, de mãos dadas com a morte. Você é o fruto proibido que deve ascender ao seu lugar, pois nosso pai continua cego pelo poder e, sua mãe, uma lacaia das trevas que não serve para nada, a não ser satisfazê-lo.

Preciso que me envie duas criaturas em forma humana bem convincentes, ambos homens, que me acompanhem numas missões para eliminar sua mãe em um tempo em que ela está presa em sua forma humana. Precisamos expurgar todo o mal adormecido nela e usar seu poder a nosso favor. Eu irei acompanhada das crianças. Lá, encontraremos um padre, um servo antigo do nosso povo que vive a trabalho da igreja e ajuda-nos a colher informações do outro plano. Se você falhar, a nossa ruína será o menor dos problemas.

Onde estaremos, meu nome passará a ser Beatriz e, das crianças, Breno e Laura. Seremos identificados como uma família: eu serei mãe dos dois e direi como proceder. Somos o que restou da ordem Éden, a profecia enfim se concretizará e o domínio das sombras se instalará sobre todos os planos. Você, meu amado Onur, irá reivindicar seu trono e tomará o lugar do nosso pai. Em breve, invocarei para o outro plano, esse será o momento perfeito para você tomar as trevas e eu destruí-lo.

Onur, sem hesitar, começou a juntar alguns restos mortais à sua volta, cuspiu neles para colar as partes e, assim, montar dois homens. A princípio, pareciam retalhos, mas, após cortar seu antebraço e banhá-los com seu próprio sangue, foram tomando uma forma menos assustadora. Então, abriram os olhos e levantaram-se.

— Perfeito! — disse Onur.

— O que deseja, meu Senhor? — perguntaram os dois ao mesmo tempo.

— Vão ao encontro de uma mulher chamada Beatriz e de duas crianças, Breno e Laura. Identifiquem-se como Mateus e Sócrates. Estão aguardando vocês e dirão o que fazer.

— E onde devemos encontrá-los? — questionaram.

— Enviarei vocês até eles.

Onur segurou a cabeça de ambos e mergulhou-as na poça de sangue aos seus pés. Os homens, sem reação, afundaram aos poucos até desaparecerem por completo.

19

Ariev estava ajoelhado, numa espécie de meditação, concentrado nas ações de Joana, em outro espaço-tempo, sem imaginar que Bianca, agora Beatriz, estaria tramando contra ele. Onur, já na espreita, perito em camuflagem, observava Ariev de longe, aguardando algum sinal para avançar. A Joana que Ariev observava continuava aumentando seu exército de condenados — já eram milhares de seguidores numa explosão de fúria cada vez maior, mas, até então, ninguém se dera ao trabalho de conter a bagunça que Ariev vinha promovendo.

Desde o princípio, Ariev dividira a essência de sua filha em várias partes e espalhou-as pelo mundo com o propósito de semear a perfeita Joana; muitas nem chegaram a despertar, outras falharam em sua missão. Contava com apenas duas partes, uma que estava construindo seu exército, e outra, a mais importante, que continuava adormecida e possuía um poder imenso ainda contido. Esta, incumbido à ordem Éden de despertá-la, em segredo. Para Ariev, a profecia se concretizaria com a ordem Éden, que despertaria a verdadeira essência de Joana e, assim, faria com que ele ascendesse ao plano terrestre e seu poder crescesse a ponto de realizar seu maior desejo: escravizar Deus. Só que Bianca tinha outros planos. Ela, sim, entendera a profecia, que nada tinha a ver com Ariev, mas precisaria manter segredo.

— Enfim, chegaram! — disse Beatriz.

— Saudações! Sou Mateus e ele, Sócrates. Viemos por ordem de nosso criador, Onur.

— Sim. Já estava aguardando vocês! Aliás, vieram tão rápido quanto imaginei. Seu criador entendeu a importância de nossa missão.

— De fato, mas nós precisamos entender do que se trata. Quais são as próximas ordens?

— É claro, ouçam bem — alertou Beatriz. — Vocês nos acompanharão numa missão de suma importância. Precisamos expurgar o mal de uma pessoa para que esta não se volte contra nós, ou será o fim de tudo o que conhecemos. Vocês serão identificados como meros servos, cuja função será executar qualquer ordem que eu der. Não permitam que absolutamente nada aconteça com essas crianças. Aliás, elas já foram orientadas sobre como se portar e o que falar, mas temo que me desobedeçam e coloquem tudo a perder. A pessoa que despertaremos é mãe delas, mas não sabem disso; em sua forma humana, isso seria impossível. Por isso, diremos que são seus irmãos. Qualquer conflito mental a que possamos sujeitá-la pode despertar o que estamos tentando evitar. Eu fui clara?

— Sim.

— Também estará conosco um padre, que será responsável por conter a força oculta da mulher e eliminar o mal de dentro dela. Não podemos permitir que isso aconteça, caso contrário, como já mencionei, as consequências serão catastróficas.

— Entendido.

As crianças, que já pareciam adolescentes, escutavam atentas. Breno e Laura haviam entendido o quanto eram importantes e, talvez por isso, tornaram-se arrogantes e esnobavam as possíveis consequências.

— Algum problema, crianças? — Beatriz perguntou.

— Nada, nenhum problema — Laura riu.

Beatriz desconfiava de que as crianças dificultariam o processo e pediu de forma grosseira que se mantivessem caladas o tempo todo, falando apenas o essencial quando necessário. Elas, ainda rindo, balançaram a cabeça e concordaram.

— Bianca, chegou a hora! Vá despertar minha filha e pôr fim a tudo isso — ordenou Ariev em sua mente.

— Sim, meu pai. Tudo segue perfeitamente como planejado. O fim está próximo! — respondeu Bianca. — A propósito, meu nome agora é Beatriz.

— Pouco me importa seu nome, chame-se como quiser! Só conclua o que ordenei que fizesse.

— Claro, meu pai.

Tempos depois, Beatriz e seu grupo encontram-se com o padre, que se apresenta como Pedro:

— Padre Pedro, agradeço por ter vindo.

— É sempre uma honra trabalhar com a ordem, minha cara?...

— Beatriz, me chamo Beatriz. Estes são meus filhos, Breno e Laura, e os dois logo atrás, meus ajudantes, Mateus e Sócrates. Viemos aqui para dar suporte à expurgação de uma jovem que tem apresentado distúrbios psicológicos, mas ambos sabemos que vai além disso — Beatriz explicou.

— Sim, sim. É claro, Beatriz. A igreja me passou informações preciosas quanto ao estado dessa jovem, disseram que a ordem me acompanharia caso a situação se agravasse, o que, sinceramente, considero desnecessário.

— O que é desnecessário?

— A presença da ordem. Não me interprete mal, mas ambos sabemos que a ordem é uma mentira! Dizem que existe para manter o equilíbrio, mas de quê? Para mim e tantos outros que conheço, a ordem Éden é uma falácia, mas permitimos vocês no nosso meio para evitar um conflito bobo, já que existem há séculos — disse o padre.

— Talvez você tenha razão, padre. Ou pior, talvez você esteja completamente enganado e, muito em breve, poderá engolir essas suas palavras por um lado que, por respeito, não quero mencionar.

— Você é muito insolente mesmo, Beatriz.

— Você não imagina o quanto, padre. Agora, por gentileza, podemos prosseguir com o planejado?

— Infelizmente, sim. A igreja não me deu escolhas.

— Ótimo! — Beatriz riu.

Em trajes negros, o grupo se encaminhou para uma casa de madeira em meio a um terreno árido. À porta, bateram uma, duas, três vezes e não apareceu um ser vivo sequer para atendê-los. Beatriz pediu para as crianças, Mateus e Sócrates, darem a volta na casa, procurarem alguma entrada ou olharem pela janela para ver se havia alguém na casa. Em poucos instantes, Mateus encontrou um rastro de sangue enorme adentrando a residência e a porta entreaberta. Chamou os outros e, logo que entrou na cozinha, deparou-se com algo terrível. O padre ficou aterrorizado, mas os outros agiram com naturalidade. Além de todo sangue banhando o piso, corpos dilacerados estavam pendurados no teto da cozinha, mal era possível reconhecer se eram pessoas ou animais. Poucos metros para dentro de casa, perceberam que não havia corpos apenas na cozinha mas também no teto da sala e nas paredes, pedaços de pernas e braços colados. Os braços alinhavam-se como se indicassem um lugar — o quarto. Sócrates recolheu uma fotografia do chão e deduziu que aqueles restos mortais pertenciam à família que ali vivia. Na fotografia, estavam três pessoas, duas mulheres e um menino, mas parecia haver mais corpos na casa do que isso. Decidiram ir até o quarto e, lá, encontram uma mulher dormindo.

— É ela! — disse Beatriz.

— Você tem certeza? — perguntou o padre, cético.

— Sim, absoluta, é ela! — Beatriz confirmou, séria e amedrontada.

20

"Enquanto meus olhos se mantiveram selados nas trevas, por alguma razão conseguia escutar sua voz me chamando. Sei o quanto andei perdida, mas você jamais desistiu de mim. Por favor, por todo amor que você sente, eu peço que desista! Eu tenho sofrido muito e compartilhar esta minha dor com você, é insuportável. E por também te amar demais, peço que você se esqueça de mim." – Joana.

– Beatriz, esta é nossa mãe? – Breno perguntou.

– Sua mãe? Sua mãe não é Beatriz? – o padre ficou confuso.

– Sim, eu sou a mãe de criação, a mulher na cama é a mãe biológica deles – Beatriz respondeu.

– Mas como isso é possível? Essa moça não deve ter nem vinte anos! Esquece, foi uma pergunta idiota! Há coisas que é melhor nem saber.

– Sim, é melhor assim mesmo. Se a humanidade soubesse de tudo, com certeza não existiria mais – comentou Beatriz. – E, respondendo sua pergunta, Breno, essa é Joana, sua verdadeira mãe, ou uma parte dela. Lembre-se, para ela, vocês são irmãos, não cometa o erro de chamá-la de mãe.

— É claro. Não se preocupe, Beatriz.

— Ótimo. Agora que tudo está esclarecido, vamos iniciar? — perguntou o padre.

— Sim. Vamos ficar aqui afastados no canto observando, faça o que já foi orientado a fazer — Beatriz falou.

O padre desdenhou a fala de Beatriz, que o ignorou. Ele se aproxima da cama em que está Joana e senta-se na borda.

— Espera! — Beatriz interrompeu.

— O que foi?

— Acorrente-a!

— O quê? Não há necessidade disso, que ideia idiota — disse o padre.

— Padre, acorrente-a! Garanto que irá se arrepender se não seguir minha orientação.

— Isso é uma ameaça?

— Não, padre, eu nunca ameaçaria! Não tenho paciência para isso — Beatriz debochou.

— Não, eu não vou acorrentar esta jovem.

— Sócrates, por favor, acorrente-a — pediu Beatriz. — Não quero discutir com esse padre idiota — dirigiu-se em voz baixa a seu grupo.

— Sim! Farei isso imediatamente.

Sócrates foi até a cozinha e revirou todos os armários em busca de algo que pudesse conter a mulher, sem sucesso, mas, ao olhar para o teto, percebeu que os corpos mutilados estavam enrolados e pendurados em correntes. Puxou-os para baixo, o que fez com que se despedaçassem e as correntes ainda continuassem penduradas. Sem obstruções, porém, desenrolou-as dos ganchos no teto e levou-as para o quarto.

— Saia da minha frente — Sócrates ordenou ao padre.

— Continuo achando que é uma péssima ideia.

— Continue achando, padre. Aliás, você não tem que achar nada aqui — irritada com o comportamento do padre, Beatriz comentou em voz baixa com Mateus que, assim que tudo terminasse, que o padre fizesse o que tinha que fazer, deveriam matá-lo.

— Será um prazer! — Mateus respondeu.

— E nós? Podemos ajudar? — perguntaram as crianças.

O padre escutou e não entendeu, mas sentiu que armavam contra ele.

— Crianças, por favor, calem-se! — pediu Beatriz.

As crianças riam.

Sócrates já havia acorrentado as pernas de Joana e utilizado um cadeado inviolável, que só abriria com as palavras certas que apenas Beatriz sabia.

— Padre, chegou a hora! Desperte Joana e vamos iniciar logo — ordenou Beatriz.

— Como queira!

— Lembre-se, não ouse fugir do combinado. É imprescindível que siga exatamente o que combinamos.

— Volto a dizer, como queira!

A Igreja enviou um dos seus mais escrupulosos padres para atender a esse chamado. Tendo como base a expurgar um mal de uma jovem, a intenção dela é eliminar os remanescentes da ordem. Sabendo que eram os últimos, o clero desejava encerrar esta parceria que já durava séculos e dificilmente trazia benefícios. Com o fim da ordem, a Igreja poderia atuar tranquilamente sob a Terra sem sofrer qualquer espécie de punição, nem do céu nem do inferno. Pois a ordem, teoricamente, estabelece o equilíbrio entre os dois mundos, mas já havia muito tempo se corrompeu e trabalha em prol de seus próprios interesses.

— Odeio esse padre — Beatriz se dirigiu ao grupo em voz baixa.

— Também odiamos, Beatriz — disseram as crianças.

Ela abre um sorriso de canto de rosto. Seguindo as orientações, o padre inicia seu trabalho. Da beira da cama, tenta acordar Joana, o que não demora muito. Ela, como já esperado, acorda assustada e sem saber o que estava acontecendo, já que não conhecia o homem que estava diante dela. Enquanto isso, Beatriz e os outros ficavam em um canto afastado do quarto, na penumbra, observando tudo que o acontecia.

Joana perguntou ao padre o que estava acontecendo, mas ele inventou que encontrara com os pais dela, que estariam preocupados, ao que ela respondeu que seus pais haviam morrido fazia muito tempo. O padre ficou incomodado com a informação, afinal, que corpos eram aqueles pendurado no teto? Então, pediu licença e retirou-se do ambiente.

Ela percebeu que seus pés estavam acorrentados, o que a deixou perturbada. Na cozinha, o padre observava os corpos que, antes, estavam pendurados e percebeu que não tinham faces e era impossível distinguir homens e mulheres; estavam dilacerados. Inquieto e sem respostas, voltou para o quarto.

A mulher presa insistia para que o padre a soltasse das correntes, mas ele pressentia algo muito ruim e disse que não poderia fazer isso. Ela gritou, ficou desesperada e implorou, mas não adiantou. Então, uma voz ao fundo disse para o padre manter o combinado e prosseguir com a expurgação. Joana percebeu que, atrás do padre, havia um grupo de cinco pessoas e, assustada, perguntou quem eram.

Assim, Beatriz se apresentou como uma serva de Deus e inquisidora, responsável pela ordem e disse que estava ali para ajudá-la, mesmo que fosse preciso matá-la. O padre, insatisfeito com a intromissão de Beatriz, chamou-a para uma conversa em particular, que ela recusou a princípio, mas ele insistiu e ela acabou concordando.

Fora da casa, o padre, irritado, deu um soco no rosto de Beatriz e a derrubou. Ela o ameaçou e disse que ele se arrependeria amargamente. Ignorando as ameaças, ele reclamou da postura indisciplinada, de não ter seguido a discrição e tê-lo interrompido durante o que ele tratava como ritual sagrado.

Enquanto o padre continuava enfurecido e cuspindo ofensas sobre Beatriz, ela, ajoelhada e com uma das mãos no rosto, iniciou um canto proibido que só existia para um propósito: invocar Ariev para o plano terrestre. Porém, para que a invocação tivesse sucesso, vários fatos precisavam ter acontecido, como o nascimento das crianças da profecia, o mundo mergulhado no completo caos e o céu ter abandonado a tudo e todos. Ciente das consequências, começou a invocar seu pai.

— Ah, finalmente está chegando a hora! — disse Ariev.

21

Onur, de longe, observava tudo: Ariev cada vez mais eufórico com a chance de ascender ao plano terrestre e, assim, ganhar mais poder para conquistar o céu.

Seguindo as orientações de Beatriz, Onur aguardava o fim da invocação e Ariev desaparecer das trevas, pois apesar de ser o Senhor das Sombras, o pai de todos, ele estava prestes a cair numa armadilha. Cego pelo poder, ignorou detalhes e sua interpretação da profecia fora equivocada. Conforme dizia: "Dos restos da ordem sagrada, muitos cairão sob o olhar do rei. No seio do mal, vós o libertará da tirania da falsa divindade". Onur, com a ajuda da Beatriz, entendeu: Ariev não seria o rei, mas sim seu único filho homem, ou quase isso. E Ariev precisaria desaparecer para, enfim, Onur tomar o trono.

Com a invocação prestes a ser concluída, Onur não suportou mais aguardar e avançou em seu pai; o ódio o levou ao erro de ajustar as contas e isso por pouco não custou caro. No momento em que Onur quase alcançou o pai, Ariev, numa fração de segundos, conseguiu ver o filho se aproximando, então abriu um sorriso e desapareceu.

Onur explodiu de raiva, pois a chance de vingar todo o mal que lhe fora causado desapareceu com o pai. Em sua volta, Onur via as crianças e o que restou dos Sombras, seus únicos súditos.

O tempo é diferente entre os planos, no momento em que Ariev havia enviado todos os Sombras para o plano terrestre, muito tempo havia se passado e muitos desapareceram assim que Ariev ascendeu para o outro lado. As consequências eram maiores do que qualquer um poderia imaginar, muito se perdeu para alguém ter que ganhar.

Diferentemente dos planos de Ariev, Beatriz continuava sua invocação com sucesso. O padre, apavorado, reagia contra Beatriz com agressividade, em vão: foi arremessado de forma violenta assim que tentou agredi-la, ficou preso numa árvore, perfurado por galhos, entre a vida e a morte.

Dentro da casa, Breno e, principalmente, Laura, cientes do que estava acontecendo, continuavam inventando histórias para Joana, com o intuito bobo de provocá-la e confundi-la, e foram repreendidos por Mateus. Nesse instante, Sócrates olhou para Mateus e fez um sinal com a cabeça como se estivesse confirmando algo. Uma névoa surge no interior da casa – era o sinal que Beatriz dissera que indicaria o momento em que teriam que criar um espectro de suas imagens e partir, projetando-se para longe da casa. Assim fizeram.

O padre, mesmo agonizando e à beira da morte, sentiu certo alívio ao ver que Beatriz também havia morrido após o canto, apesar das consequências catastróficas que estariam por vir – mas ele estava iludido. Ela também havia criado um espectro de sua imagem e se projetado para longe dali.

Joana foi dominada pela névoa e transformou-se num ser maligno: era Ariev tomando o corpo da filha. Sem pestanejar, devastou tudo ao seu redor, sobrando apenas ele no vazio. Dando continuidade ao seu plano, Ariev pretendia aniquilar toda a raça humana e, para isso, devia se encontrar com a outra Joana, que estava criando e aumentando seu exército, os condenados.

Muito longe de Ariev estava a última parte da Joana, o verdadeiro mal. Com fome insaciável de caos, viu crescer a fúria entre as pessoas, uma violência desenfreada e, como consequência, o nascimento de hordas de condenados. Nada parecia capaz de impedir o iminente apocalipse na Terra, mas, ainda muito mais longe, Beatriz e seu grupo estavam ativos, prontos para dar o golpe e pôr fim aos planos de Ariev.

Alguns dias se passaram e o mundo tornou-se cada vez mais hostil, inabitável. As pessoas ficaram violentas, o caos se instalou, a selvageria tomou lugar daquilo que um dia foi civilização. O céu parecia eternamente nublado, mas o ar sempre quente, abafado. E, de alguma forma, existia ainda uma parcela grande de pessoas que não se deu conta dos perigos à sua volta. Era um mundo invisível; a violência passou a ser normal.

Dia após dia, Joana e Ariev aumentavam seu domínio sobre o plano terrestre. O número de condenados era praticamente incalculável e o mais surpreendente era que os anjos ignoravam os eventos que ocorriam entre os humanos. Por muito tempo, na surdina, Ariev enviava seus filhos para contaminar os humanos, tornando o mundo cada vez pior. Discretamente, espalhava doenças, pragas e guerras, e no fim os humanos culpavam uns aos outros. Por muito tempo, os anjos fecharam os olhos, largaram o destino dos homens nas mãos das trevas.

Enquanto isso, Beatriz e seu grupo se isolava numa cidade distante, preparando-se para o que ela chamava de ato final, no qual as crianças teriam grande importância. E dias antes, ela encontrara o que restou dos Sombras, cinco elementos que decidiu usar para seu propósito, mas não se atentou ao fato de que os Sombras ainda seguiam ordens de seu criador, Ariev; ainda que de maneira indireta e por telepatia, ele os controlava.

Beatriz soube do ataque de uma horda na região e enviou Sócrates, Mateus e os Sombras para aniquilarem qualquer ameaça que pudesse prejudicar seus planos. Todos, principalmente Mateus, passaram a ter um prazer enorme em matar os condenados e corriam para a ação a qualquer chance que tivessem de abatê-los, mas a confiança em demasia teve seu preço e, ao subestimar o inimigo, pagaram com suas vidas.

Pensaram que estavam no controle, mas os Sombras que Beatriz havia enviado junto com eles tinham outros comandos. Após empurrá-los ribanceira abaixo, instalaram uma bomba no veículo que, no primeiro sinal de movimentação, explodiria.

Os Sombras, seguindo a horda, caminhavam para onde Beatriz e as crianças estavam. O ataque parecia orquestrado, tanto a horda quanto os Sombras pareciam influenciados por alguém – ou algo –, mas logo após a morte de Sócrates e Mateus, um ser forte e escuro surgiu na penumbra da mata. Parecia ser outro Sombra, mas era Ariev, numa forma avantajada e muito mais poderosa. Logo atrás dele, uma mulher agachada, caminhando como um animal quadrúpede, puxada por uma corda: era Joana, controlada e arrastada pelo pai.

Ariey e Joana seguiam os rastros da horda, sabiam que isso os levaria para Beatriz e as crianças – para ele, as crianças eram a chave para o céu, mas, para Beatriz, eram as balas de prata. O desejo de tê-las era tão grande quanto o ódio que crescera nele pela traição de Beatriz, que as desviara e vinha armando para sua destruição. O encontro era certo, mas o destino era duvidoso.

As crianças que desde quando nasceram tiveram a companhia de Beatriz, foram constantemente instruídas a servir aos interesses dela. Trazer Ariev para o plano terrestre era o menor dos problemas, já que havia um medo velado de as crianças se curvarem ao seu pai, e assim os seus planos ruírem de vez. Mas, talvez, as crianças tivessem também seus próprios interesses.

Do submundo, Onur observava tudo. O filho bastardo e, agora, Senhor das Trevas, nutria-se do ódio de ver seu pai mais próximo de sua glória e ele preso na escuridão. Clamava alguma reação do mundo celestial para que seu pai fosse impedido de conquistar o mundo dos homens por completo, o que o tornaria mais forte para invadir o céu e aprisionar a todos. Seu clamor, porém, era em vão e ninguém parecia escutar. O céu abandonara a tudo e a todos. Para Onur, restava acompanhar o trágico destino dos homens do seu trono.

Enfim, a horda chegou à cidade, mas não conseguia invadi-la, pois havia uma bolha protetora que Beatriz havia conjurado que a impedia. Logo atrás, os Sombras, imóveis, aguardavam a oportunidade certa de atacar. Beatriz não escolhera uma cidade qualquer para se acomodar: sabia que viriam atrás das crianças e por semanas planejou uma armadilha para a horda dos condenados. A cidade que Beatriz havia escolhido para o ato final foi, no passado, o exato lugar da criação da Ordem e, com isso, haveria uma força muito poderosa que a ajudaria na batalha. Por um breve momento, a horda conseguiria invadir a bolha, mas dentro dela haveria essa energia poderosa que inibiria a invasão e, para os Sombras, sendo a desgraça de Beatriz, nada afetaria.

Sabendo disso, os cinco Sombras cruzaram entre os condenados, rasgando quem estivesse em sua frente como se fossem folhas de papel. Entraram na bolha e, quase em seguida, separaram-se à procura das crianças. E Beatriz, temendo o pior, colocou as crianças escondidas no porão de uma residência no centro da cidade, pois ela sabia que seria só uma questão de tempo para Ariev encontrá-la — por mais confiante que estivesse com o confronto inevitável, ela não queria arriscar as crianças, não naquele momento.

Ariev, com Joana sendo arrastada na coleira, também se aproximara da cidade. Os condenados, vendo-os de longe e sentindo-se ameaçados, foram para cima dele, e cada um que chegava perto era envolvido por chamas num piscar de olhos e desintegrava-se diante dele. Furiosos, avançavam e, um por um, eram eliminados pelas chamas. Em volta de Ariev e Joana, restavam apenas cinzas, não sobrara um único cadáver. Logo, também entraram na bolha e sentiu, quase que imediatamente, a presença das crianças, pediu para Joana farejá-los e levá-lo até eles. Ariev ansiava demais por este encontro, pois somente com as crianças ele poderia ingressar no reino do céu.

Enquanto os Sombras, Ariev e Joana, rondavam a cidade à procura de Beatriz e seus protegidos, as crianças sentiam a presença de sua mãe se aproximando.

— Beatriz, não podemos ficar escondidos! — disse Breno.

— Mas quem disse que estamos escondidos? Estamos aguardando o momento certo! — Beatriz explicou.

— Momento certo? Da nossa morte, você quer dizer? Cada instante aqui é um passo mais próximo do fracasso — ele retrucou.

— Não seja tolo, Breno. Minhas ações são calculadas e não esperei todos esses anos para falhar agora. Acredite, tudo fará sentido daqui a pouco, aguarde.

Desconfiado e temendo, ele cedeu ao pedido e aguardou junto à irmã. O que estava por vir causava nelas um intenso terror, inexplicável era o medo que havia em pressentir a mãe se aproximando.

— Breno, precisamos tomar alguma atitude. A Beatriz não me inspira mais tanta confiança. Ela está cega em busca de seus objetivos, pressinto que ela vai falhar terrivelmente e vai levar a gente junto — disse Laura.

— Verdade! Na primeira oportunidade que tivermos, vamos sair daqui, encontrar a nossa verdadeira mãe e matá-la, antes que ela nos mate — Breno propôs.

— Não sei se conseguiria. Mas se você acredita que podemos, então iremos.

Enquanto isso, Beatriz, aflita, aguardava a chegada de Ariev, mas foi surpreendida pelos Sombras — ela se enganou completamente em pensar que a bolha protetora também inibiria a entrada deles.

— Mas que merda! Me larguem! — disse, irritada, enquanto a imobilizavam.

Por uma brecha no chão, as crianças observam assustadas o ataque dos Sombras.

— O que vamos fazer? — Laura perguntou.

— Nada! Vamos continuar escondidos e protegidos. Sinto que nossa mãe já está próxima. Qualquer coisa que a gente tente fazer agora, será tarde demais.

— Mas a Beatriz vai morrer.

— Laura, a Beatriz já está morta! Não há nada que possamos fazer.

Beatriz foi amarrada com uma corda negra, amordaçada e colocada de bruços no chão. Um dos Sombras puxou seu cabelo e, mesmo com boca e olhos costurados, fingiu observá-la. Em seguida, cheirou seu rosto, certificando-se de que era ela mesma. Amordaçada, resmungou. Os outros Sombras ficaram imóveis aguardando a chegada do pai. Em poucos minutos, Ariev chegou com Joana na coleira e com os joelhos dela esfolados de tanto que se arrastou no chão, seus olhos ficaram vermelhos de ódio por Beatriz e, devagar, aproximou-se dela.

— Sua traidora! — disse após cuspir nela.

Ariev também se aproximou, levantou a perna e, com um único golpe, esmagou a cabeça de Beatriz. Laura quis gritar, mas Breno foi rápido em tampar a boca de sua irmã, impedindo-a de atrair a atenção para eles. Mas o sangue escorreu entres as fendas no piso e banhou as crianças, que estavam logo abaixo. Neste instante, elas se envolvem numa espécie de aura e sentem a pele queimar. Parecia que ácido as banhava, só que não causava feridas. Elas gritaram e os Sombras as encontraram quebrando o piso, elas estavam se contorcendo de dor. Os Sombras tentaram puxá-las, mas, ao tocá-las, entraram em combustão e desapareceram em segundos, nem pó sobrou. Ariev pareceu não se assustar, pelo contrário, sentiu-se satisfeito com a demonstração de poder das crianças. Mas Beatriz já havia previsto tudo isso, ela sabia que somente após sua morte, as crianças iriam estar preparadas para enfrentar o mal que lhes era aguardado, que tudo fazia parte de um plano maior. Enquanto isso, Joana ficava acuada e muito assustada com as crianças, em silêncio.

— Ah, que dia feliz! Finalmente estamos aqui, em família — Ariev disse, contente.

— Jamais! — Breno esbravejou.

— Isso! Se alimente dessa raiva, consuma tudo! Eu e sua mãe estamos orgulhosos!

De repente, Joana se levantou e puxou a coleira, derrubando Ariev no chão. As crianças, observando a oportunidade perfeita, saltaram em cima de Ariev mesmo com seus corpos queimando, o ódio que sentiam era maior. Pois Beatriz as havia contado das desgraças que ele fizera sua mãe passar por diversas vezes. As crianças sabiam que, para Ariev, elas seriam apenas um meio para o fim.

Joana se junta ao ataque, mas ele foi mais rápido e arremessou-os todos para longe. Ao lado da mãe, as crianças passaram a atacar Joana por medo de ela as matar, já que nunca haviam tido qualquer relação com a mãe e apenas conheciam o ódio. Diferentemente das crianças, Joana não reagiu, apenas consentiu.

— Parem! Parem, seus malditos! — Ariev gritava. — Vocês não podem fazer isso!

Enquanto Joana era devorada pelos filhos, olhou para Ariev com lágrimas nos olhos:

— Pai, por longos anos você me deixou largada, à mercê do destino. Precisei me reinventar diversas vezes, precisei ter paz e você nunca me deixou viver. Muitas vezes te amei, tantas outras te odiei. Você nem sabe o que deseja de mim, nunca soube. Ao contrário de meus filhos, que têm fome e sede de mim. Serei útil para alguém, já que, para você, nunca fui ninguém.

— Que ridículo! Isso é ridículo!

— Sempre foi! Mas só agora me dei conta, pois ser arrastada por você me fez enxergar o que sempre fui, um peso e nada mais — e Joana deu o último suspiro.

22

Ariev perdeu o controle. Viu-se mais sozinho do que nunca em um mundo sem trono, sem súditos. As crianças à sua frente, encharcadas de sangue de sua própria mãe, eram o único laço que sobrara com sua filha, mas, assim que o sangue de sua mãe se misturou com o de Beatriz, elas começaram a se decompor — já não sentiam mais dor. Ele caiu de joelhos no chão, não acreditava no que acabara de acontecer e em tudo que havia perdido. Ariev, constantemente cego pelo poder, extremamente egoísta e covarde, usou tudo e todos ao seu redor para alcançar seus objetivos, mas falhou miseravelmente. Todas as versões de Joana que ele havia gerado tiveram fim, não havia nada mais que possa fazer. Ao longo de toda sua existência, teve seus olhos apenas direcionados para seu ego e, mesmo vivendo no inferno, não se importou com nada.

Uma escuridão tomou conta do ambiente, um raio de luz invadiu o local e iluminou os restos de Joana.

— A morte é um privilégio que ainda não se deve ter. Se esta mensagem não foi clara, não espere uma segunda chance para que aprenda a amar em vida — ouviu-se uma voz no ar.

— Quem é? — perguntou Ariev.

— Você sabe muito bem quem é, só não quer admitir.

— Não, não sei! E eu sou o senhor da escuridão, o pai das Sombras!

— Você não é nada, absolutamente nada! Na verdade, você é só uma peça em um complexo quebra-cabeça e, em segundos, será apenas uma lembrança.

Como a voz previu, Ariev desapareceu e tornou-se memória — mas de quem?

Quando ele sumiu, os restos de Joana começaram a se mexer e, com a intensidade da luz, pegaram fogo.

— Joana! Joana, acorda! Por favor, acorda...

23

Javier desperta ao lado de sua sogra bastante assustado.

— Meu Deus! Meu coração bate tão forte que parece que vai saltar do peito. Tenho tido tantos pesadelos com Joana ultimamente que acho que estou ficando louco. Só de imaginar em não tê-la mais em minha vida me aterroriza de uma forma que dói a alma. Não posso perdê-la, não posso mesmo! — Javier disse para Ana.

— Esses pesadelos vão passar, fique tranquilo. Nós não vamos perdê-la! Minha filha vai sobreviver, ela vai sair dessa. Minha fé é maior que seu amor por ela — ela respondeu.

— Que bom que sua fé é enorme. Receio que não seja maior que meu amor, mas isso é indiscutível. Vamos nos preocupar com o que interessa, a recuperação de Joana.

— É claro. O que é isso que você tem em mãos?

— É uma carta que escrevi para ela ler quando acordar, uma espécie de desabafo com uma declaração de amor.

— Que maravilhoso, Javier. Eu posso ler?

— Me desculpe, Ana. Não me interprete mal, mas é pessoal!

— É claro, eu que peço desculpas.

— Tudo bem. Eu só quero que este pesadelo acabe logo, não suporto mais esperar.

— Sim, eu também!

No corredor do hospital, Javier e Ana aguardavam notícias do estado de Joana, que, poucas horas antes, tentara suicídio, amarrando uma corda na árvore no quintal de casa. Morava com o marido, Javier, e, no mesmo terreno, também residia sua mãe. Todos pareciam viver em perfeita harmonia, mas havia sentimentos difíceis de exteriorizar e, dia após dia, ela alimentava pensamentos ruins, frustrações passadas, a perda da fé no futuro e desânimo. Javier não fazia ideia, tampouco sua mãe, de como Joana vinha se sentindo para que ela chegasse ao extremo de tentar tirar a própria vida.

— Javier, você já está com a minha filha há o quê... sete anos? — Ana perguntou.

— Sim, sete anos e alguns meses. Em agosto completamos oito anos.

— E você nunca percebeu nada estranho, nenhum pedido de socorro? Sei lá, qualquer coisa?

— Talvez, mas sempre achei que fosse o jeito dela mesmo, seu comportamento oscilava tanto quanto o meu. Em alguns momentos estava mais sorridente, cantarolando, e, outras vezes, cabisbaixa e chorava do nada. Eu não entendia! Tinha vezes que até reclamava com ela, porque não via motivos para aquele teatro, então ela chorava ainda mais. Admito que várias vezes passei a ignorar.

— Eu evito ao máximo me intrometer na vida de vocês, mas não pude deixar de escutar várias das brigas que vocês tiveram, sempre por motivos idiotas.

— Sim, hoje eu penso que todas as nossas brigas foram idiotas e inúteis — confessou Javier. — Sabe o que é mais revoltante, Ana? Alguns dias atrás, numa de nossas discussões, ela disse que não aguentava mais viver comigo, mas nunca revelou a razão, parecia esconder algo. E o que eu fiz? Concordei com ela! Disse que poderíamos encerrar nosso relacionamento, que eu não me importava mais com ela mesmo. Menti para parecer melhor que ela. Menti para mim mesmo. Ela chorou ainda mais, muito mais.

— Você é um babaca, Javier.

— Não sou, Ana. Eu estava cansado, não sabia o que fazer e tentei entrar no jogo dela. Ela dizia que a qualquer momento eu poderia encontrá-la com os pulsos cortados no chão da cozinha. E não foi uma, duas ou cinco vezes que ela falou disso. Imagina minha cabeça como ficava? Qual relacionamento se sustenta com tamanha pressão? Eu não queria vê-la morta nem imaginaria que seria capaz disso, sempre duvidei... até ontem.

— E por que você nunca me contou?

— Se você escutava nossas brigas, sabia do que falávamos. Se todos os dias Joana ia te visitar, você teve todas as oportunidades de perguntar para ela. Melhor do que eu, você sabia como ela era. Por que você mesma não perguntou?

— Apesar de amar minha filha e ela demonstrar ainda mais amor por mim, eu gostaria de ter feito diferente em várias ocasiões. Gostaria de ter sido uma mãe melhor.

— Sejamos francos, Ana. Você é tão péssima mãe quanto eu sou marido. Uma mãe que diz para a filha que ela deveria ter sido abortada não tem direito nenhum de me julgar.

— Eu nunca falei isso... jamais falaria! Isso é uma mentira tão absurda que me dá ânsia só de escutar.

— Não seja assim, Ana. Apesar das merdas que você fez e falou no passado, sua filha ainda te ama. Nunca é tarde.

Ao escutar as últimas palavras de Javier, ela desaba em choro e, desesperada, não se conforma com a forma que lidou com a filha desde que nasceu. Joana fora fruto de um romance proibido e, por consequência, abandonada pelo pai. A mãe nunca a perdoou por achar que fora o motivo de seu amado homem ter ido embora. Ao longo dos anos, Ana cuidara de Joana como se fosse um fardo, já que, além dela, tinha também outra filha, mais velha, Beatriz. Beatriz assumiu o que seria função de Ana e cuidou da irmã; ali nasceu um forte laço familiar que nem a mais intensa força poderia romper. Por anos, Beatriz agiu como mãe de Joana, enquanto Ana vivia em prol de seus próprios interesses, mas já fazia pelo menos cinco anos que ninguém tinha notícias da irmã mais velha. Todos acreditavam que ela havia morrido, mas Joana, não. De alguma forma, ela nunca pareceu triste com o desaparecimento, pelo contrário, parecia que falava da irmã como se estivessem ainda mais próximas, como se a visse todos os dias.

— Eu sinto tanto, tanto por tudo que já fiz, Javier. Lembro-me da minha neta, Laurinha, que Deus a tenha. Era idêntica à Joana quando pequena. Depois que ela partiu, meu coração se dilacerou de uma maneira que nunca conseguiu se recompor.

— A Laura foi uma bênção em nossas vidas, a saudade que sinto dela não cabe no peito. Penso nela sempre, mas Joana não só pensa como sei que sonha quase todos os dias com nossa filha.

— Joana sonha com a Laura? Mas são sonhos ou pesadelos?

— Não sei dizer, Ana. Talvez seja um pouco de cada. Às vezes ela grita, chora, ri, sussurra ou não fala nada, só resmunga. Tenho certeza de que, depois que perdemos a Laura, qualquer questão psicológica que Joana enfrentava se intensificou.

— Mas isso é óbvio, Javier. Perder uma filha destrói psicologicamente.

— Com certeza. Imagina também uma filha perder a mãe pouco a pouco, hostilizada e negligenciada. Acredito que isso cause certo trauma na criança.

Ana não diz uma palavra sequer e seu silêncio entrega a frustração de uma mãe que, apesar de tantas oportunidades, maltratou a única filha que ficou a maior parte do tempo ao seu lado, enfrentando os problemas da vida. Desde nova, Beatriz já entendia a malandragem da mãe e repudiava seus atos com frequência, o que dificultava a convivência entre elas, mas Joana, com todo o amor que possuía pela mãe e com o suporte que tinha da irmã mais velha, distribuía seu sentimento de diferentes formas e proporções, sem ser injusta com ninguém. Durante anos, isolou-se para estar ao lado da mãe. Nesse período, construiu sua personalidade com base no conhecimento de diversos livros, refletiu demais sobre o mundo e o comportamento humano, mas não conseguiu ser feliz.

— Mas que demora! Enfermeiros e médicos passam direto entre nós e nada de falarem de Joana. Estou a ponto de enlouquecer sem notícias dela — disse Javier.

— Minha nossa, eu também estou à beira de um surto. Assim que alguém do hospital passar por nós novamente, eu perguntarei.

— Não! Não vou esperar alguém passar, vou atrás para saber, mas fique aqui, Ana, caso alguém venha nos procurar.

24

– O.k.! Se descobrir alguma coisa, por favor, insisto que me avise imediatamente, pelo amor de Deus.

– Fique tranquila! Eu peço o mesmo para você. Caso alguém a procure, me ligue.

Javier parte em busca de informações sobre o estado de sua esposa. Ao chegar na recepção, depara-se com a recepcionista paquerando o médico, o mesmo que estava atendendo Joana.

– É... desculpa incomodar...

– Opa, pois não. – O médico se recompôs, sem graça devido à situação constrangedora.

– Eu estou aqui para saber da minha mulher, Joana.

– Joana... Sim, já concluímos a cirurgia há cerca de duas horas.

– O quê? Já concluíram a cirurgia? Que cirurgia? Por que não nos procuraram duas horas atrás? Eu e a mãe dela estamos aflitos, sem notícias, e vocês nesse descaso com a nossa situação! Isso, sim, é inadmissível!

– Senhor, se não se acalmar, vamos chamar a segurança.

– Como devo me acalmar se vocês estão me fazendo de trouxa? Custava avisar que ela estava se recuperando?

— Quem disse que ela está se recuperando? Sua esposa está em coma profundo. Fizemos uma cirurgia de emergência para retirar um feto de cerca de dezesseis semanas, que já entrara em óbito.

— Como é que é? Joana estava grávida? Ela está em coma profundo? Mas que porra que está acontecendo? O que está acontecendo, doutor?

— Vitória, pegue um copo de água para este homem, por favor — o médico pediu à recepcionista, que correu para atender o pedido. Javier estava caído no chão, aos prantos, desesperado e sem entender o que estava acontecendo. — Senhor, tome esta água, vai te acalmar! — O médico ofereceu. — Vou explicar o que aconteceu. Por favor, acompanhe-me até meu consultório.

— Tudo bem. Deixe-me chamar minha sogra.

No consultório, com a porta entreaberta, Javier entrou primeiro, seguido por Ana, mas o médico parecia estar ausente. Não demorou muito para que eles ouvissem o barulho da descarga, uma porta lateral se abrir e o médico surgir, saindo do banheiro.

— Por favor, sentem-se. — O doutor indicou os assentos com a mão.

Ao redor, Ana estranhou a quantidade de molduras com pinturas abstratas e moldes de órgãos genitais em cima da mesa. Cada lado da parede pintado com uma cor clara diferente. Javier, por sua vez, ignorou esses elementos e quis logo saber o que estava acontecendo.

— Então, doutor, agora você pode explicar o que aconteceu com minha esposa?

— Sim! Mas garanto que não será nada fácil para vocês.

— Fale de uma vez!

Ana, quieta, observava o que o médico tinha a dizer.

— O quadro de Joana é delicado, muito delicado! Estava grávida de dezesseis semanas de um possível menino, porém o feto já havia falecido quando ela chegou ao hospital. Fizemos uma cirurgia de emergência para retirá-lo. Admito, foi uma das cirurgias mais complicadas de que se tem notícia neste hospital.

— Grávida? Minha filha, grávida?

— Sim. Pelo nítido espanto de vocês, imagino que nunca tenha dito. Quando retiramos a roupa dela, percebemos vários cortes na região da barriga, parecia que ela se autoflagelava, o que pode indicar que ela não queria essa gravidez, já que os cortes foram exatamente na região onde estava crescendo o feto.

— Eu nunca desconfiei — Javier disse, triste.

— Imagino que não. Viviam um casamento de aparências, brigavam mais que gato e rato. Você não se importava mais com minha filha.

— Não fale asneira, Ana. Sempre me importei com Joana, ela é tudo que importa para mim. Os conflitos que tínhamos eram gerados por ela. Eu a confrontava, mas sempre perdíamos, não importava quem estivesse certo na discussão — ele lamentou.

— Esses assuntos familiares vocês podem discutir em outra hora, posso continuar relatando o estado da paciente?

— Sim, desculpe.

Descontente com as palavras do genro e inquieta com a situação, crente que o sofrimento de sua filha fora causado por ele, Ana pegou uma das peças da mesa do médico e acertou-a com força no rosto de Javier.

— Culpa sua! — gritou. — Minha filha estava muito bem antes de te conhecer, antes de você entrar na nossa vida. Agora ela está numa cama de hospital quase morrendo e com um filho morto. Seu maldito! Seu maldito! Você vai me pagar! Seu maldito!

O médico pegou o telefone e ligou para a segurança do hospital para que resolvessem o problema. Javier estava desnorteado com a pancada que levara no rosto, causando uma lesão que começou a sangrar. Não demorou muito para que os seguranças chegassem e segurassem Ana, mas foi preciso ao menos três deles para contê-la.

– Levem-na daqui e coloquem uma camisa de força se necessário. Senhor, levante-se, vamos continuar nossa conversa – o médico retomou em direção a Javier. – Mas, primeiro, vamos cuidar desse ferimento. Por sorte não atingiu o olho – afirmou, analisando melhor e indicando a sala ao lado, onde havia uma cama coberta por um papel branco e alguns utensílios para curativos.

– Obrigado. Eu não sei o que deu naquela mulher, ela nunca agiu dessa maneira.

– Considerando a situação da filha, pelo visto ela teve um surto psicótico e decidiu culpar você.

– Para onde vão levá-la?

– Não se preocupe, eles lhe darão um calmante, logo você poderá vê-la.

Javier ficou preocupado. Aquela era sua sogra, por mais que não se dessem tão bem, era mãe do amor de sua vida. Podia-se dizer que se toleravam. Um não gostava do outro, mas mantinham as aparências em prol de um bom convívio quase sempre. O problema era que Ana vivia se intrometendo na relação da filha com o marido. Ele sabia das constantes investidas da sogra para complicar ainda mais o dia a dia de seu relacionamento, mas ignorava para evitar irritações.

– Posso ver minha esposa agora? – perguntou assim que o médico terminou o curativo.

— Acho que sim, ela deve estar na enfermaria.

— Onde fica?

— Segundo corredor, à direita, segue até o final e vire novamente à direita. Você logo verá uma sala com paredes de vidro, é a enfermaria.

— Obrigado, muito obrigado.

Javier correu o mais rápido que pôde, mas, logo antes de virar no primeiro corredor, tropeçou e, desequilibrado, bateu a cabeça com força na quina da parede, perdendo a consciência. Um grande corte abriu-se em sua cabeça, sangrando muito. Alguns enfermeiros que presenciaram o acidente correram para socorrê-lo e tratar do corte. Foi levado para fazer uma tomografia, pois suspeitavam de traumatismo craniano, mas constataram que não houve nada sério e que não deveria ter sequelas. Ainda assim, horas depois do acidente, ainda estava desacordado. Enquanto isso, sua sogra nada sabia do que se passara com seu genro e continuava dopada na enfermaria.

— Javier, acorda. Acorda, meu amor — disse Joana.

25

Javier acorda assustado, sem saber onde está, mas, ao ver Joana, chora e abraça-a forte, como não fazia havia muito tempo.

— Joana, onde estamos? Que lugar é este?

— Meu amor, estamos dentro de um sonho, nosso sonho!

— Como assim? Até agora eu estava no hospital, desesperado por sua causa. Isso tudo não faz sentido.

— Isto aqui faz todo o sentido! Por sorte, estamos conscientes do que está acontecendo, mas o tempo aqui não existe. Não sei quando foi ontem e muito menos quando será amanhã. Quando me dei conta do que estava acontecendo, caminhei por tantos lugares incríveis que agora não saberia defini-los e, nessas andanças, encontrei você deitado aqui, dormindo.

— Joana, consciência? Eu não faço a mínima ideia de onde estamos ou do que está acontecendo! Estou feliz, feliz por te ver! — Javier parou por um instante. — Espera, você tentou suicídio. Disseram que estava em coma e agora eu estou aqui, não sei bem como. Eu estou morto? Nós estamos mortos? — perguntou assustado.

— Não! Não estamos mortos, se isso te conforta — Joana riu. — Estamos vivendo um sonho, que uma hora vai acabar, de uma maneira ou de outra.

— Me disseram que você estava grávida. Isso é verdade?

— Sim! Eu estava grávida fazia algumas semanas, mas a criança já estava morta em meu ventre.

— Por que você não me contou? Eu poderia ter ajudado na gestação, a criança também era minha!

— Não, Javier, você não gostaria de ajudar! — disse triste.

— Como não? Eu te amo tanto, Joana, não seria diferente com nossa criança.

— Seria! Esta criança que morreu nunca foi sua! Ela era fruto de uma traição que não suportei esconder e, por tudo que é mais sagrado, quis tirá-la de mim — contou aos prantos. — Os anos que passei após a perda da Laura foram terríveis. Apesar de te amar tanto, você não me deu suporte, não me deu conforto, não me deu amor, não me deu atenção, não me deu nada a não ser uma série de conflitos. Apesar de eu te amar, nosso romance era de aparências! Eu sofria tanto, tanto, que queria morrer todos os dias, mas você zombava de mim. Minha vida nunca foi fácil. Quando pensei que encontraria segurança nos seus braços, nos momentos de que mais precisei, você se acomodou em seu próprio egoísmo e, por mais que eu gritasse de desespero, você não me ouvia. Eu te amei, ainda te amo e sempre vou te amar, mas a dor de amar você me corrói todo maldito dia.

Javier ficou perplexo e devastado com a revelação de Joana e tentava assimilar o que acabara de escutar.

— Javier, presta atenção no que vou te dizer. Talvez estejamos aqui para acertar as contas. Em vida, as coisas saíram de nosso controle e, por mais que tentássemos, nunca deu certo. Havia tantos empecilhos que mal conseguíamos viver.

— Joana, ainda estou sem palavras.

— Por favor, não haja como se não soubesse ou não entendesse. Você, melhor que ninguém, sabe como eu estava dia após dia naquela casa. Se não conseguiu enxergar, foi porque não quis.

Estávamos definhando e mal conseguíamos compreender o motivo, só aceitávamos a condição miserável em que vivíamos, ou melhor, sobrevivíamos.

— Mas... Você me traiu?

— Que merda, Javier, você não está prestando atenção em nada do que estou falando? A traição, no fim, foi só uma consequência do que já não vivíamos e, mesmo assim, sofri. Acha que eu queria ter me envolvido com outra pessoa e, pior, carregar uma criança? Por favor, não seja um idiota agora.

— O.k., vamos por partes, por favor. Primeiro, onde estamos?

— Já disse, estamos em um sonho!

— E como viemos parar aqui?

— Você contou que disseram para você que eu estava em coma, talvez por isso estou aqui. Agora, você não se lembra de algo que possa ter acontecido para te trazer para cá? Você não adormeceu?

— Não, não adormeci, mas, pelo que me lembro, estava no hospital indo te ver. Algo aconteceu e, de repente, acordei aqui com você. Não sei explicar ao certo, sei que você diz que estamos em uma espécie de sonho, mas, por tudo que me contou, diria que estou vivendo um horrível pesadelo.

— Se você acredita que está vivendo um pesadelo agora, experimenta viver o pesadelo que eu vivi por tanto tempo ao seu lado.

— Você me chama de meu amor e diz que viver ao meu lado foi um pesadelo? Que contradição é essa, Joana?

— Não sei. Meu coração se divide em tristeza e alegria, você me tem em dois extremos, você me divide em partes opostas. Ao mesmo tempo em que você me despedaça, também me junta. Não sei explicar. Só sei que te amo, sofrendo.

— Perder nossa filha foi uma das coisas mais dolorosas que já senti. Eu quis me isolar, enquanto você quis um porto seguro. Eu não enxerguei do que você precisava, talvez nem quisesse. Desculpe.

— Infelizmente, agora é tarde, meu amor — Joana disse, séria.

Javier caiu de joelhos no chão, colocou as mãos no rosto e chorou, como uma criança recém-nascida. Joana, em pé ao seu lado, observava seu tormento.

— Você vai ficar bem, eu prometo, Javier.

Joana olhou para o horizonte atrás dele e percebeu uma enorme onda se aproximando. Sem avisá-lo, esperou o encontro. A onda, que parecia ter se formado com o impacto de um meteoro no oceano, chocou-se com Javier e arrastou-o para longe. Com Joana, nada aconteceu, como se a onda não a tivesse atingido. Javier, mesmo sem aparentar, feriu-se gravemente.

Quando a onda passou, Javier, muito longe de onde estavam antes, contorcia-se de dor. De repente, Joana reapareceu ao seu lado.

— Meu amor, como você está? — perguntou preocupada.

Javier não mais se mexia, tampouco dizia qualquer coisa. Joana tentou acordá-lo com os pés, empurrou-o, mas continuava desacordado.

— Javier, acorda! Acorda, meu amor.

Assustado, ele desperta sem saber onde está. Ao ver Joana, chora e, de medo, afasta-se.

— Meu amor, agora não adianta sentir medo... Você ainda vai sofrer muito!

26

"Dizem que a teoria do caos consiste na ideia central de que uma pequena mudança no início de um evento, pode trazer consequências enormes e completamente desconhecidas no futuro. Sendo assim, imprevisíveis."

— Doutor, venha rápido, ele está despertando — chamou a enfermeira.

— Finalmente, pensei que ele também entraria em coma.

— Imagina que coincidência, o casal em coma ao mesmo tempo por causas diferentes. Isso com certeza seria raro!

— Olha, não me surpreenderia, já vi muita coisa estranha neste hospital e esta com certeza não seria a mais estranha.

Javier resmungava, como se estivesse querendo se comunicar, mas suas palavras eram aleatórias e quase indecifráveis.

— Ela... dor... não... ela...

— Doutor, ele está alucinando! — a enfermeira disse.

— Isso é um bom sinal, melhor do que o estado vegetativo em que se encontrava. Mantenha-o em observação. Ele deve retomar a consciência logo, assim espero.

— Sim, como desejar.

O médico se retirou e, ao chegar ao corredor, um enfermeiro já o convocou com pressa para o quarto onde Joana estava.

— Doutor, veja, um milagre aconteceu! Nossa paciente acordou! — o enfermeiro estava eufórico.

— Primeiro, acalme-se! Qual seu nome?

— Tiago, senhor.

— Pois bem, Tiago, recomponha-se! Você está em um hospital, controle sua euforia — disse irritado.

— Sim. Desculpe, senhor. É que desde que conheci o histórico clínico desta paciente eu me apeguei muito a ela. Por isso minha felicidade.

— O.k., mas, por favor, seja profissional! Leve-me até ela, vamos vê-la.

— Claro, com certeza. Por favor, acompanhe-me.

Ao chegar ao quarto, o médico se assustou ao ver Joana sentada na cama com as pernas cruzadas, com uma expressão feliz:

— O que você está fazendo? Você deveria estar deitada aguardando avaliação.

— Mas eu estou me sentindo ótima!

— Isso é incrível, para dizer o mínimo! Como alguém desperta, assim, com tamanha disposição depois de semanas em coma? Eu insisto, precisamos fazer alguns testes.

— E eu insisto, eu estou ótima!

Nesse momento, Ana passava pelo corredor e percebeu a porta do quarto da filha entreaberta, ao entrar e ver Joana consciente, não aguenta de tanta alegria e corre para abraçá-la, mas a filha não corresponde e, mesmo com um sorriso no rosto, não devolve o abraço da mãe.

— Enfermeiro, tire esta mulher do quarto, imediatamente — o médico ordenou, irritado.

— Mas é a mãe dela!

— Mas que porra, retire esta mulher do quarto agora!

— Sim, imediatamente — o enfermeiro respondeu.

Fora de si de tanta alegria, Ana não percebeu a ordem do médico e continuou abraçando a filha, entregue às lágrimas, e Joana a ignorava. O enfermeiro se aproximou na tentativa de afastá-las, mas foi impedido pela filha, que pediu que não a tocasse. Ele obedeceu, mas o médico, descontente, interfonou para que os seguranças retirassem a mãe do local.

— Senhor, qual o motivo disso? Deixe a mãe com a filha! Já não basta o sofrimento que passaram por todo esse tempo.

— Você disse que conhece a situação clínica da paciente, mas não sabe o que essa mãe é capaz de fazer! Essa mulher me atormenta há semanas e, desde que seu genro sofreu o acidente e também entrou em coma, ela tem surtado cada dia mais.

— Doutor, imagino que o senhor é quem precisa se recompor. É evidente que está desequilibrado.

Sem hesitar, o médico acertou um forte soco no rosto do enfermeiro, que foi jogado para longe. Joana caiu em gargalhadas e, logo em seguida, deitou-se e dormiu em questão de segundos.

Neste instante, tudo muda. Javier abre os olhos e vê-se numa sala branca, com paredes almofadadas e incapaz de se mexer — usava uma camisa de força. Grita por socorro, cada vez mais alto, para que alguém aparecesse na pequena janela com grades, que não consegue alcançar, ao fundo da sala, porque suas pernas estavam presas por correntes.

— Alguém me ajude! Alguém, por favor! Onde estou? Que lugar é este? Que merda que está acontecendo?

Entre os gritos de Javier, surgiam o que pareciam ser gritos de outros prisioneiros, que repetiam as mesmas palavras.

— Quem são vocês? — ele gritava.

— Quem são vocês? — As vozes respondiam. — Quem são vocês? Quem são vocês? Quem são vocês?

— Respondam, seus malditos! Quem são vocês e que lugar é este?

— Respondam, seus malditos! Quem são vocês e que lugar é este? — repetiam.

— Malditos! Merda! Merda! Merda! Não vou conseguir nada assim! — disse para si mesmo.

— Não faça as perguntas certas, faça as perguntas erradas — disse uma das vozes.

— Perguntas erradas? Como assim? — indagou.

— Perguntas erradas? Como assim? — elas repetiram.

— Que perguntas erradas? Não estou entendendo! — Javier estava confuso, mas decidiu tentar. — Quem sou eu? — gritou.

Por um breve momento, as vozes não repetiram.

— Quem é você? Você não sabe quem é? — uma das vozes responde, rindo. — Você é você, idiota.

— Mas quem eu sou exatamente? — insistiu.

— Você é aquele que se perdeu e nunca mais se encontrou, o mesmo que a solidão abraçou e não mais soltou. Ou seja, um idiota!

— Mas que porra de explicação é essa? Meu nome é Javier, tenho 45 anos de idade e sou casado, minha esposa se chama Joana e temos dois filhos, Breno e Laura. Eu sei quem sou!

Depois que se apresentou, as vozes tiveram um longo ataque de risos.

— Engraçado, você tem tanta certeza assim? — perguntou uma delas.

— Como não teria? O que não faço ideia é de como vim parar aqui, numa camisa de força e com os pés acorrentados!

— Isso é um tanto óbvio, não?

Ficou incomodado, em especial com o mistério acerca de sua situação. Perdido e sem saber o que fazer, gritou por socorro.

— Ainda insiste em gritar? Para quem? Ninguém vai te escutar, nunca mais!

Javier ameaçou chorar. Não entendia o que estava acontecendo e implorava para que as vozes pelo menos dissessem algo ou chamassem sua esposa, mas elas não faziam nada além de rir.

— O que vocês querem de mim? Por favor, me digam, o que querem de mim?

— Não existe nós! O que você quer nunca mais poderá ter. Pense, qual a última lembrança que tem de sua esposa?

— Eu tenho um aglomerado de lembranças de minha esposa e filhos, uma mais estranha que a outra. É como se eu os tivesse visto numa espécie de pesadelo. É muito estranho, principalmente este desconforto que sinto em meu coração, está doendo demais.

— Isso já é um começo! Tente resgatar essas memórias e vamos discuti-las, talvez você entenda a razão da situação carcerária.

Javier, transtornado, tentava juntar as peças de suas memórias para entender o que se passava.

— Não sei bem por onde começar, mas sei o quanto via Joana perdida. Minha querida esposa, cercada de conflitos e de pessoas mal-intencionadas, egoístas e cruéis.

— Pessoas? Que pessoas?

— Não sei ao certo, eram tantas pessoas aleatórias! Tudo começou com Joana confusa, acordando diversas vezes e, a cada despertar, ela parecia diferente.

— Isso diz muita coisa!

— Isso diz muita coisa? Que coisa?

— Mais uma vez você não está enxergando o óbvio! Quem você chama de esposa parece ter vivenciado diversos estados de personalidade, um caso atípico de múltiplas personalidades. Isso não quer dizer que ela viveu aquilo, mas pode ter sentido. Talvez a realidade seja tão aterrorizante quanto você imagina, então vamos com calma — disse a voz.

Cada vez mais confuso, ficou em silêncio por alguns instantes. Fechou os olhos e, ao abri-los, viu algo se materializar em sua frente: a imagem borrada de uma menina de cerca de oito anos. Ficou assustado e tentou se afastar.

— Calma, Javier, sou eu — alertou a voz.

— Como? Você é uma menina e a voz é de um homem — perguntou intrigado.

— E isso importa? Mudo minha voz para um tom feminino, então.

— Quem é você? — Javier perguntou.

— E, mais uma vez, não consegue enxergar o óbvio! — riu. — Eu sou você, seu idiota! Sua consciência, pelo menos, mas pode me chamar de Loba.

— Se você é minha consciência, por que devo te chamar de Loba?

— Porque esse nome ecoa em sua consciência de forma tão intensa que você nunca aprendeu a colocar as ideias no lugar. Loba é, de fato, o antônimo da sua paz.

— Sinceramente, não sei explicar, mas sinto que você tem razão.

A consciência de Javier tomou forma diante da seriedade da situação para dialogar diretamente com seu corpo, mesmo que numa imagem borrada.

— Você pode me tirar desta camisa de força e destas correntes? — ele perguntou.

— Não posso! Aliás, diante de tudo o que já aconteceu, isso é impossível — respondeu Loba.

— Não entendo!

— Mas você vai entender, é o que te resta agora. Mas continue, além de dizer que se lembra daquela que diz ser sua esposa estar confusa, do que mais se recorda?

— Lembro-me de um amigo, desolado, sem emprego, sem expectativas e inerte em seu mundo falido, condenado a fingir ser alguém que não é. Nesse pesadelo, recebeu um convite para comemorar algo e no caminho deu tudo errado. De repente, tudo ficou violento e as pessoas estavam matando umas às outras, pareciam não ser mais elas mesmas.

— Entendo! Deduzo que a situação que relatou do seu amigo seja a de tantos outros no mundo, alguns menos e outros muito mais. Quantas vidas se sentem vazias? Você mesmo sente um tremendo vazio agora, confuso e sem norte. Ao menos estou aqui. Para outros, a consciência está tão morta quanto qualquer chance de vida próspera — disse Loba.

— Mas não éramos tão próximos! Meu amigo também nunca demonstrou tristeza.

— Algumas lágrimas não precisam ser anunciadas para que saibamos que alguém chora por dentro. Certas feridas são escondidas por uma camada gigante de falsos sorrisos, precisamos estar atentos a detalhes. Se importar verdadeiramente.

— Como não? Eu me importo, sim!

— Não tenha tanta certeza, Javier. Sabemos que não!

Ele insistia em não admitir, mas uma sensação horrível de culpa tomou conta de seu peito e parecia queimar. Não havia nada que pudesse fazer além de aceitar.

— Você mencionou violência nesse pesadelo, um comportamento natural de defesa de qualquer ser vivo quando se sente ameaçado.

A violência tem várias faces e, de qualquer forma, todas são ruins. Em seu pesadelo, parece que seu amigo estava condenado por ele mesmo a viver, ou melhor, sobreviver em um mundo de caos. O problema é que, às vezes, sair dessa vida não é tão simples. As pessoas são julgadas o tempo todo, o que alimenta pensamentos destrutivos e, por isso, a violência parece uma saída – Loba explicou.

– Como não pude enxergar esse sofrimento do meu amigo? Eu sou um completo idiota!

– Sim, você é um idiota, mas antes o problema fosse apenas não ter percebido a necessidade do seu amigo. Isso foi só um exemplo. Estamos tratando aqui do quanto você não percebeu sua própria vida.

Javier abaixa a cabeça e, em silêncio, concorda.

– Eu lembro que ele não resiste e morre no meu pesadelo. Vejo tantos outros sofrendo do mesmo mal.

– É claro, seu amigo não é o único que sofre, não foi o primeiro e tampouco será o último. Há certas coisas que não conseguimos fazer, mas não fazer nada por aqueles que dizemos amar deveria ser inaceitável.

– Eu sei, eu errei muito. Gostaria de me redimir um dia.

– Gostaria? Tarde demais – riu Loba.

Com raiva, Javier tentou sair da camisa de força e encontrar uma forma de soltar as correntes, mas Loba insistia que não adiantava, que por mais que tentasse, nunca se libertaria. Perguntou quem as colocara e, rindo, Loba respondeu que fora ele mesmo. Ainda que perguntas fossem respondidas, Javier ficava mais confuso, mas não se importava; queria saber do que se tratavam as memórias que a cada vez que as revirava, mais transtornado ficava.

– Me responde uma coisa, Loba. Nesse mesmo pesadelo com meu amigo, havia alguns seres esquisitos que se chamavam de

Sombras, eram horríveis! Sua aparência era abominável, tinham bocas e olhos costurados e pele escura.

— Mas isso é óbvio! Nem desconfia quem são?

— Não! Não faço a mínima ideia.

— São representações de seu lado mais obscuro, a imagem cuspida do seu pior lado. Uma personificação da maldade velada de seu subconsciente.

— Como assim? Aqueles seres são cruéis de uma forma que eu nunca poderia ser.

— Exatamente! Por isso tinham bocas e olhos costurados. Fingimos que não vemos, muito menos falamos de muitas de nossas intenções, mas elas existem. Para algumas pessoas, elas extrapolam o aceitável para a sociedade. É aí que surgem os que conhecemos como psicopatas. Em seu pesadelo, você representa isso dessa forma e não em uma só pessoa, mas em várias.

— Que absurdo!

— Mas é a realidade, crua, como há de ser! Infelizmente, o ser humano é uma espécie tóxica que muitas vezes morre pelo seu próprio veneno. O impacto dessa toxicidade varia, mas, em geral, a violência que causa é potente.

Ainda revirando suas memórias, Javier recordou-se de um momento que se encaixava nos pesadelos, uma situação em que se vê com Joana e sua sogra, mas em que, de início, pareciam não se conhecer.

— Há um fato curioso que lembrei agora, Loba. Eu estava me vendo como uma espécie de guia turístico para um grupo numa excursão no México, juro que isso não faz nenhum sentido, nunca tive intenção de visitar o México, muito menos de ser guia turístico.

— Tudo faz sentido, Javier, tudo! Você só não assimilou bem as coisas, mas se prestar atenção, tudo tem uma explicação. Como você tem dificuldades de entender, vou te explicar. Não importa o México. O que tem que levar em consideração é o desconhecido. Você tem o hábito de explorar as coisas, lugares e, principalmente, pessoas. Esse hábito é maravilhoso, mas tem riscos. Você diz ter sido um guia turístico, eu diria que era um guia de aventuras. Um típico costume seu é tomar as rédeas de uma situação e esperar que as pessoas embarquem em suas próprias aventuras. Se não é recíproco, como imagino que não tenha sido em seu pesadelo, é errado! Toda pessoa, grupo, ou quem estiver envolvido, precisa estar alinhado com os seus interesses, mas não podemos insistir para que sigam nossas vontades, nossos sonhos. Pelo visto, parece que você queria impor algumas aventuras – explicou Loba.

– Não, não é bem assim! Nesse meu pesadelo, eu era isso mesmo, um guia de aventuras, mas lembro que aconteceram umas merdas e pessoas morreram, estávamos presos em uma caverna e parte do grupo queria sair de lá, só que, para isso, precisaríamos ir caverna adentro em meio a uma imensa escuridão, não sabíamos que armadilhas nos aguardavam e eu era contra essa ideia. Na verdade, eu era bem covarde mesmo, tinha muito medo do que poderia acontecer, comigo principalmente – Javier revelou.

– Eu sei! Certos fatos não precisam estar perfeitamente claros, mas você acabou de admitir algo fundamental.

– E o que seria?

27

— O óbvio, é claro! — riu. — O seu declarado medo de adentrar a caverna é sua aflição de encarar novos desafios, o medo do desconhecido te priva de aceitar responsabilidades.

— Responsabilidades? Mas que porra, pessoas morreram de forma que não saberia explicar agora, eu estava com muito medo! Algo muito ruim estava acontecendo e eu não sabia como sair daquela situação.

— As pessoas morreram porque você quis que morressem, a situação se agravou porque você quis que se agravasse, você se viu naquela situação porque quis estar naquela situação. Não culpe as circunstâncias ao redor para se eximir de suas responsabilidades. Como havia dito, nada acontece por acaso e tudo tem uma explicação. Em seu pesadelo, você se mostrou covarde diante dos desafios que lhe foram apresentados e, em vida, você é a mesma coisa! Tentava fugir para não encarar as dificuldades, inventava histórias para menosprezar a importância de seu dever. Seu pesadelo é um reflexo do seu verdadeiro ser.

Javier ficou sem palavras e só lhe restava concordar, por mais difícil que fosse.

— É difícil encarar a verdade, estou envergonhado — disse.

— Eu sei, mas a vergonha é um sentimento pequeno para se sentir depois de tudo o que você fez — respondeu Loba.

— É por isso que estou aqui? Estou sendo punido pelas minhas ações, que estou tentando conhecer?!

— Acredito que você esteja começando a entender!

— Até quando serei punido? Existe um tempo para que eu saia daqui?

— O tempo já não lhe diz mais respeito, Javier. Vamos nos atentar ao que interessa neste momento e, aos poucos, você vai entender.

— Está bem! Continuemos.

Loba, sentada à frente de Javier, levantou-se e perguntou qual a maior dificuldade dele naquele momento. Ele balançou a cabeça sem saber ao certo o que dizer, então Loba disse que seria essa sua maior dificuldade, encontrar as palavras certas. De frente com sua própria consciência, tudo parecia uma luta em vão. Não adiantava contrariar, ela perturbaria seu íntimo.

Depois de alguns minutos em silêncio, Javier voltou com seus questionamentos.

— Apesar do medo, no fim, entrei na caverna e, como já tinha previsto, deu tudo errado. Estava sozinho, perdido na escuridão e sem ninguém para me ajudar. Fui escravizado, torturado e para quê? Qual foi o propósito?

— Essa é uma parte triste da sua história! Apesar do seu medo, dessa vez enfrentou os obstáculos e sofreu as consequências, se perdeu no caminho e, por mais que precisasse de ajuda, tentou disfarçar para não demonstrar dor. O fato de você ter sido escravizado e torturado diz mais sobre você mesmo do que sobre alguém que possa ter lhe causado isso. Você se condenou ao não ser transparente com seus sentimentos, deixou-se levar pela comodidade da vida, evitou conflitos e, no fim, acumulou desgosto. Sinto muito em dizer, mas foi a própria causa dos efeitos que sofreu.

— Mas havia um homem, alguém poderoso que parecia comandar uma espécie de povo daquelas Sombras que havia mencionado antes, fui forçado a ter relações com minha própria esposa e de repente ela ficou grávida, foram minutos até o nascimento de duas crianças, meus filhos. Foi cruel e surreal, uma experiência bizarra e dolorosa.

— Tenho certeza disso, mas essa experiência ruim era esperada!

— Esperada? Já não bastava o que eu estava sofrendo, uma sucessão de horrores? Que lições eu teria tirado disso?

— Não, não lições, dor mesmo! Você diz que tem filhos, mas se eu disser que você nunca teve filhos. Você nunca foi casado, não oficialmente. Você é um sonhador, Javier. Às vezes, esses sonhos se tornam pesadelos. De qualquer forma, é sempre culpa sua!

— Não tenho filhos? Claro que eu tenho! Breno e Laura são meus filhos!

— Não, Javier, você nunca os teve! Breno e Laura são frutos de sua fértil imaginação, um sonho não realizado, um desejo impedido. Você se frustrou tanto por não ter tido filhos que os materializou de diversas maneiras, mas eles nunca existiram. Talvez pudéssemos considerar que os filhos que teve foram seus animais domésticos, no máximo. Ah, esses, sim, eram reais e te amavam mais do que qualquer outro ser vivo já te amou.

— Que horrível ter que concordar mais uma vez com você, por mais que ainda não consiga entender, sinto que você tenha razão. Eu tenho apenas lembranças deturpadas dessas crianças, cada vez com um aspecto diferente, comportamentos diferentes, em momentos diferentes. Que horrível! — Javier parecia abatido.

— Entendo! Da mesma forma que Joana, que você diz ser sua esposa, nunca foi sua esposa, talvez diga que nunca foi "sua". O.k., vocês namoraram por muitos anos. Como a conheceu não vem ao caso, vamos tratar de como tudo terminou.

— Terminou? Nada terminou! Não fale besteira.

— Sim, Javier. Você não tem mais nada com Joana e não preciso dizer que foi por culpa sua.

— Me explique, por favor.

— Claro, mas não vamos acelerar o processo, caso contrário, você surtaria. De qualquer modo, não faria diferença — Loba ria.

Loba voltou a se sentar na frente de Javier para continuar a juntar as peças dos pesadelos.

— Entendo que é complicado assimilar tudo, Javier, mas acredite, nada do que viu ou presenciou foi em vão. Tudo tem uma explicação. Não posso garantir que entenderá tudo, mas se boa parte disso fizer algum sentido, então nossa conversa já valeu a pena.

— São tantas coisas em minha cabeça, uma avalanche de lembranças que, na maioria, não fariam nenhum sentido, mas se você diz que há um significado, tudo bem. Vou confiar em você!

— Sim, pode confiar!

— Algo que também me perturba bastante é a perseguição que sofri, a sensação de que estava sendo observado a todo momento. Sentia que algo ruim estava constantemente à espreita.

— Com certeza estava! Mas eram suas preocupações, seus julgamentos equivocados, suas neuras e, por fim, sua desconfiança de que tudo parecia estar contra você. Sua inexperiência em relações conjugais, a demora em amadurecer e entender o comprometimento colocaram tudo a perder. Depois, foi fácil julgar os outros e as circunstâncias, é difícil admitir os próprios erros.

— Como posso admitir meus erros se eu nem sei o que errei, é você quem está dizendo isso!

— Justamente, como você vai saber se errou se não souber distinguir o certo do errado? De fato, esse é um grande problema, o errado torna-se comum e o certo, discriminado.

Javier começou a questionar sua própria existência, imaginando que tudo que vivera não passava de fruto de sua fértil imaginação. A sua consciência materializada era praticamente a prova irrefutável de que sua sanidade estava debilitada, seus pensamentos cada vez mais nocivos e não tinha expectativa de se livrar desta situação.

– Já não sei dizer o que é real na minha vida. Sinceramente, talvez eu não saiba mais quem sou.

– Já conversamos sobre isso, você é você, idiota!

– Mas quem sou eu? O que aconteceu com minha esposa e meus filhos?

– Novamente isso? Que cansativo, até para mim que sou sua consciência.

Javier começou a ficar ofegante, inquieto e parecia estar sem ar, tentando puxá-lo para seus pulmões.

– É sério? Javier, por favor, pare! Você está com falta de ar? Preste atenção, não há oxigênio aqui. Você não está respirando nada, essa sua falsa crise de ansiedade é manobra da sua imaginação. Ainda assim parece querer fugir do que parece estar fora de seu controle.

– Sem oxigênio? Impossível!

– Acredite, é possível, sim!

– Como?

– Ué, não é óbvio?

– Óbvio o quê, caralho? Que merda! Será que não posso ter respostas honestas sobre o que se passa comigo?

– Estamos chegando lá, acalme-se! Vamos seguir com o que mais você se lembra de seus pesadelos, tenho certeza de que vamos chegar às respostas que procura.

– Espero mesmo, por favor. Tenha misericórdia de mim!

– Misericórdia? Quem dera você tivesse consigo mesmo.

Javier tentou juntar os pedaços soltos em suas lembranças dos pesadelos que vivenciou. Por mais difícil que fosse, mais fatos surgiam aos poucos e, com eles, mais dúvidas.

— Como já havia mencionado, esse ser masculino poderoso, cabelos brancos compridos e que se proclamava deus daquele mundo nefasto, dizia ser pai da minha esposa também. O que ainda é mais estranho é que me lembro de pesadelos dentro do pesadelo, mas, pensando bem, talvez eu esteja ainda vivendo um pesadelo. Talvez nunca tenha saído deles.

— Talvez — concordou Loba —, mas continue.

— Pelo que me lembro, ele me carregou para uma cadeira e me levou para outro plano para conversar com minha esposa, que parecia estar fora de si. Essa ideia é tão absurda que nem sei como explicar.

— É comum que, diante de traumas, algumas pessoas tenham pesadelos ou criem dimensões astrais para fugir da realidade. No seu caso, você está se punindo! Não aceita a realidade e não só está fugindo como se destruindo, mas a destruição total nunca ocorre, é como um ácido que te banha todos os dias e, no final deste dia, te reconstrói. Você vai sofrer sempre!

— E como faço para interromper esse sofrimento?

— Você não pode! Você teve todas as chances e desperdiçou todas elas!

Cansado de tentar entender, Javier deitou-se no chão e fechou os olhos, lágrimas caíram, e Loba, em vez de confortá-lo, gargalhou.

— Pode parar, por favor? — pediu Javier.

— E você, pode parar de chorar?

— Eu preciso de um tempo para raciocinar, é muita informação para minha cabeça.

— Mas nem começamos a conversar direito.

— Por favor, outra hora, então — Javier bocejou.

— Certo, até depois — Loba respondeu irritada e desapareceu sem deixar rastros.

28

De olhos fechados, Javier nem percebeu a partida e não demorou quase nada para que caísse em um sono profundo. O ambiente muda, e Joana, deitada numa cama, estava despertando. Javier, sentado próximo, estava concentrado, escrevendo uma carta.

— Amor, o que você está fazendo? Volta aqui para deitar comigo — ela pediu.

— Já vou, meu amor, só estou terminando uma coisa aqui.

— E o que é isso?

— Algo que eu já deveria ter dito há muito tempo.

— E isso é hora, meu amor? Vem cá, estou com frio! Vem me aquecer.

— Só um minuto — ele insistiu.

Joana se enrolou no enorme cobertor e aconchegou-se para voltar a descansar, não antes de dizer o quanto amava Javier.

— Sabe, estava tendo um sonho tão bom com você, daí acordo e vejo você aqui. É tão real e intenso o que sinto que às vezes penso ainda estar vivendo um sonho — ela disse.

Javier não se virou para olhar Joana e responder à altura, apenas resmungou que sentia o mesmo. Ela estranhou o comportamento esquivo e questionou mais uma vez o que ele estava fazendo. Respondeu que estava escrevendo uma carta e que já estava acabando.

Não demorou muito até que se levantou, ainda sem olhar para ela, e foi para fora do quarto. Ela perguntou para onde ia, mas ele não respondeu.

— Javier, responde, meu amor. Para onde você está indo?

— Só um minuto, já volto.

De repente, uma música começou a tocar ao fundo, uma balada romântica da década de oitenta. Joana ameaçou se levantar, mas logo surgiu Javier com várias flores em seus braços e despeja-as na cama. Ela deu risada e perguntou o que era tudo aquilo.

— Faz tempo, né? — ele perguntou.

— O que faz tempo, meu amor?

— Que não te agradeço!

— Mas agradeceria por quê?

— Você não faz ideia do quanto sou feliz contigo, gostaria que você soubesse disso!

— Mas eu sei — Joana ria.

— Eu te amo!

— Eu sei!

Ela se aproximou e abraçou-o, como se nunca o tivesse feito antes e beijou-o. Lágrimas caem dos olhos dele, lágrimas de alegria.

— Por que está chorando, meu amor? — Joana perguntou.

— Eu não sei falar, me sinto péssimo por isso. Gostaria que soubesse o quanto significa para mim, o quanto realmente te amo. Por isso, escrevi uma carta que pudesse transmitir um pouquinho daquilo que gostaria de te dizer há tempos.

— Sério? Ah, eu quero ler! — ela disse, feliz.

— Por favor, não é para rir. Depois você caçoa da minha cara e me chama de bobo.

— Bobo! — responde vermelha. — Cadê? Deixe-me ler a carta, seu bobo.

— Está no meio das flores, procure-a — disse Javier, rindo.

Sem perder tempo, ela se ajeitou em cima da cama e, no meio de tantas flores, encontrou a carta, banhada em perfume e muito bem envelopada. Ainda com a música de fundo, cada vez mais romântica, começou a ler.

Não sei ao certo quando ou como te conheci, mas a sensação de que te conheço há tantas outras vidas é tão forte quanto o impacto de um meteoro em um mundo subatômico e mais intenso do que a luz de um milhão de sóis. Em meio ao caos, você surgiu e despertou o que já tinha morrido fazia muito tempo.

Mas o que havia morrido? Me perguntava o tempo todo até concluir que era o meu amor-próprio, assassinado pela ilusão de amar o próximo sem se importar com as consequências da falta de reciprocidade. Mas a culpa era de quem? Perguntava muitas vezes também, tantas quanto deveria. A resposta era a mesma, a culpa sempre foi minha, mas era difícil aceitar, porque sempre me vitimizei pelas chances perdidas, pelas falhas, pelos amores inventados. Quando acordaria da realidade romanceada?

Eu andava tão angustiado, que cultivava a tristeza a ponto de sentirem pena de mim para, quem sabe, me amar. É tão repudiante se humilhar para amar, grotesco inflamar o sentimentalismo para preencher o vazio do próprio ego. Tão constrangedor quanto fazer, é perceber o tempo gasto para despertar dessa realidade infame. Um caos velado, ferindo pouco a pouco, destruindo entes queridos, disfarçando as aparências de um final doentio. Você se apega a qualquer coisa que der um breve prazer, porque nele está um alívio para um coração já calejado. Prende-se em um refúgio falso, com sorrisos pintados com tinta guache e palavras de conforto que envenenam o próprio coração. Quando percebemos, estamos afundados no que nos destrói com uma falsa ideia de conforto.

O medo de enfrentar a própria realidade era enorme, havia momentos de lucidez, mas quando menos percebia, estava lá novamente me afogando num mundo repleto de falsas alegrias. Após o refúgio, vinha o choque de realidade, a ressaca, as consequências, a moralidade abalada, a confiança quebrada, a decepção anunciada, ou seja, meu mundo num caos ainda maior. E como melhoramos este mundo? Na falsa ilusão de viver tudo isso de novo, para então obter o alívio, mesmo que seja breve. Constatei anos depois que havia me tornado um alcoólatra, o que negava, e foi sem dúvida uma enorme e terrível constatação. Eu precisava de ajuda, mais do que nunca.

Após vários períodos de profunda embriaguez, consciente e inconscientemente, depois de tantas quedas e perdas, em meio à minha própria lama, entra na minha vida o que um dia eu teria um privilégio de chamar de amor, o que se tornaria a maior beleza da minha vida, minha flor de lótus. Tímida, revelou uma personalidade forte, de aparência delicada, uma mulher que consegue como ninguém transformar o mundo do qual faz parte. E, assim, você transformou meu mundo, escancarou o pior de mim, fazendo com que sentisse tanta vergonha que tivesse pena de mim mesmo. Você foi uma grande mulher, minha salvadora! Diferente de muitos outros, que poderiam lamentar, mas ignorar por não dar tanta importância a problemas alheios, você, minha flor, na lama me encontrou, na lama me viu sucumbir e da lama me arrancou à força. Suas palavras não foram nada dóceis como o amor que você sente por mim, tampouco parecidas com o carinho em seu olhar. Foram palavras de ódio, indignação, tristeza e, acima de tudo, decepção. Você via ali seu amor, eu, ignorar sua preocupação e de outros entes queridos, apesar de todos os avisos, fossem de você, dos pais, dos amigos e, principalmente, da vida. Eu vi tantas chances escapulirem entre meus dedos, tantas chances de cultivar a paz e deixei-as ir, diversas vezes. A troco de quê?

Nada! Nada é justificável para permanecer numa vida medíocre com vícios imaturos e destrutivos. Por você, voltei a me amar, por surgimentos imprevistos de fantasmas do passado, diga-se de passagem, antigos romances, fui tomado por sentimentos ruins que me levaram a uma condição deplorável. Minha flor, meu amor, me nocauteou, não teve dó, me fez acordar e perceber o quão mesquinho estava sendo, tendo eu, pena de mim mesmo. O amor-próprio que estava hibernado em mim, acordou com muita fome de sucesso.

Várias pessoas tentaram, mas nenhuma havia conseguido fazer com que me sentisse tão decepcionado comigo mesmo. Várias pessoas deixaram de se importar, menos uma.

O maior erro é insistir no que já sabemos que é errado, não adianta nos enganar achando que é normal, que amanhã tudo vai melhorar. A mudança de hábitos deve ser tratada com seriedade, caso contrário, será sempre o mais do mesmo. É fato que toda mudança gera desconforto, mas quando o desconforto é maior que qualquer mudança, não há motivos para hesitar. Aprendi através do amor, com palavras de ódio, a mudar meu comportamento, pois, sem você, minha flor, já teria morrido na lama.

Obrigado por tudo!

— Sinceramente, não sei nem o que dizer. Foram as palavras mais lindas que alguém já escreveu para mim. Me sinto uma mulher de muita sorte por você ter aparecido em minha vida — Joana disse.

Javier, emocionado, disse o quanto a amava e que não desejava perdê-la nunca, para nada.

— Mas você perdeu! — Joana chorava. — Você não conseguiu controlar suas emoções, você pôs tudo a perder.

— Do que você está falando? — perguntou assustado.

— Adeus, meu amor. Adeus. Eu te amo, sempre vou te amar.

— Como assim? Adeus? Joana, do que está falando?

O ambiente começou a girar e Joana foi desaparecendo aos poucos na sua frente, tudo escureceu e Javier sentiu-se caindo em um buraco que parecia não ter fim. Ao despertar, além de se situar à sua condição atual, percebeu que retornou àquele quarto branco almofadado, preso numa camisa de força e acorrentado pelos pés. Gritou como nunca havia feito antes.

— Gostou dessa experiência? — pergunta Loba, que surgiu logo após Javier ter despertado.

— Me acorda! Me acorda deste pesadelo, por favor. Te imploro. Eu não aguento mais isso!

— Ah, Javier, lamento, mas daqui você nunca mais sai! O que você teve agora foi um passe para se encontrar com a pessoa que você mais ama em vida, mas tudo acontecendo dentro de um sonho dela. E isso só acontece uma vez.

— Mas era tudo tão real!

— Sim, mas era real, apesar de um sonho. Confuso, não?! — Loba riu. — Engraçado, com tudo o que já falamos, suas experiências e visões, não desconfia de nada do que se passa aqui?

— Não, não, não, mil vezes, não! Não faço ideia de onde estou ou do que está acontecendo!

— Olha, Javier. Eu sou apenas sua consciência, mas por suas ações anteriores é de se esperar o que se passa com você.

— E quais foram minhas ações anteriores?

— Você cometeu suicídio! Não suportou viver sozinho e tirou a própria vida, decidiu morrer enforcado, pendurado numa barra de ferro e agora está no limbo, no mar das incertezas e do sofrimento.

— Não, isso é impossível! Eu tenho uma esposa, filhos... eu estava feliz.

— Você não estava feliz, você estava doente! A Joana já o havia deixado fazia alguns meses e, como você, estava tentando lidar com a separação, porque também o amava demais. Mas sua mania de perseguição e, principalmente, de inferioridade, prejudicaram uma relação que tinha tudo para dar certo. Você não aceitou a distância e a perseguia por todos os cantos, insistia para que voltassem e, por mais que ela o amasse, ela não poderia te aceitar.

Javier, transtornado, não acreditava nas palavras de sua própria consciência.

— E por que estou nesta camisa de força, nestas correntes e neste quarto? Isso não me parece com o que já li sobre limbo.

— E você já tinha visto algum limbo antes? — Loba debochou. — A camisa de força é sua condição constante, preso em seus sonhos e revivendo suas lembranças, só que de forma distorcida e cruel. As correntes, para lembrar que daqui você não vai sair. Você cometeu suicídio, decidiu fugir por conta própria de seus conflitos em vida. Na morte, será diferente, seus conflitos serão maiores e o que muda aqui é que você literalmente não consegue fugir.

— Eu cometi muitos erros, é verdade, mas não mereço passar por isso! Não importa o quanto amor dei para as pessoas próximas a mim em vida?

— E o que importa agora? Você morreu, causou sofrimento nas pessoas que diz amar... Eu não chamaria isso de amor. Você fez da vida da pessoa que diz amar um inferno nos últimos dias, você não soube lidar com a perda, não aprendeu a superar e tampouco se importou com quem se importava com você. Você pôs tudo a perder.

A consciência de Javier era imbatível, crua e severa. Não importava o quanto ele gritasse, chorasse, quanto implorasse, seus atos tiveram consequências irreparáveis e, para muitas pessoas, principalmente Joana, a dor nunca passaria. Javier, em razão de seus atos, permaneceria por um longo período no limbo, à margem da escuridão e da luz, esquecido por aqueles que um dia o amaram. Por castigo, reviveria pesadelos em diferentes formatos, em um mundo onde sempre estariam as pessoas que dizia amar.

— Javier, preste atenção! Escute isso — Loba chamou a atenção dele.

Ele levantou a cabeça devagar e tentou escutar, mas não conseguia distinguir o som.

— Se esforce.

— Não estou conseguindo, não sei que barulho é esse.

O barulho ficou mais claro, era um choro.

— O que é esse choro?

— São para você, das pessoas que você diz amar, mas preste atenção para um em especial. Este aqui é da Joana, que está deplorável, se destruindo, chorando por dias, antes e depois da sua morte, cada dia pior. Preste atenção neste choro, pois este choro irá ecoar a cada segundo aqui para você. A sua morte é apenas um princípio de seu precipício, engano seu pensar que seria uma saída.

Sem palavras, Javier se deita no chão e põe-se a chorar.

Do outro lado, está Joana com seus animais de estimação. A morte de Javier foi um tombo gigante na vida já bastante sofrida de Joana, que teve que aprender cedo a ser independente, já que fora abandonada pelos pais na adolescência. Teve alguns amores, mas nenhum deles com potencial para construir uma família sólida. Encontrou por longo tempo em Javier o homem ideal, mas sua excessiva paixão a sufocou a ponto de Joana não ter mais espaço. Sua insegurança a perseguiu e atingiu a todos que se aproximaram dela. Ele a amava, mas não era um amor saudável. Na verdade, não era amor, era apenas paixão.

Joana sempre soube que Javier era um homem muito sonhador. No início do namoro, os planos para o futuro eram quase sempre sedutores, mas a realidade tende a ser violenta quando confrontada com os obstáculos da vida e ela sabia que, sem a maturidade de ambos, nada daria certo. Javier, apesar de mais velho, nunca foi o mais sábio. Era impulsivo e pavio curto, enquanto ela era equilibrada e realista. Uma combinação perigosa, mas, no desejo de acreditar no melhor, Joana embarcou numa relação que, por mais duvidosa que fosse, poderia surpreender.

Os anos passaram e nada mudou. As brigas se intensificaram, as dúvidas sobre um futuro a dois cada diz mais era posta em cheque, a falta de transparência e, não menos importante, a falta de amor. Foram os elementos necessários para anunciar o fim de uma relação, mas o fim de qualquer relação é sempre complicado. Não bastaria romper, era necessário desapegar, o que Javier nunca conseguiu fazer. No fim, decidiu desapegar de si mesmo e acabou atingindo muito mais do que imagina.

Em todo caso, isso nunca poderia ser um sacrifício em nome do amor, é o mais puro ato de egoísmo que alguém pode cometer. Javier, impulsivo do jeito que era, nunca saberia disso e, hoje, sofre! E Joana, por enquanto, também.

POSFÁCIO

Eis a pergunta: por que continuamos a amar mesmo quando nos faz sofrer?

Por vezes é uma pergunta difícil de se responder, não entendemos claramente o motivo que nos impulsiona a insistir em alguns relacionamentos que por muitas vezes se demonstrou prejudicial. Acredita-se que, pela comodidade da ocasião, preferimos nos manter "seguros" em um relacionamento do que nos aventurarmos em um mundo novo, desconhecido. Em vários momentos nos questionamos da razão de fazermos isso com nossas vidas, pois há uma dificuldade absurda em nos enxergar no espelho e dizer basta para tudo aquilo que nos condena a uma vida medíocre.

Se está a sofrer, logo, não é amor. Sem dúvida uma ideia equivocada de um nobre sentimento no qual todavia nos enganamos, cultivando uma ilusão que quase sempre só ajuda a intensificar os conflitos, seja com seu par ou, pior, consigo mesmo. Tentamos nos convencer, inutilmente, de que tudo dali em diante vai dar certo. E acreditamos! Porém, em muitos casos, não dura nem um dia e toda aquela guerra emocional retoma tudo dentro daquela já maltratada relação. Mas qual a razão de nós, amantes, sermos tão ingênuos em prolongar o inevitável? Se levarmos em consideração a quantidade de casais que tenta um novo recomeço após cada conflito, a probabilidade destes mesmos casais se manterem firmes e em paz entre eles, é remota. Pois dependendo da causa desses conflitos, algumas relações tornam-se irremediáveis e só alimenta uma angústia velada dia após dia.

O sofrimento dentro de uma relação não é exclusivo de um caso amoroso interpessoal, pode ser encontrado no ambiente de trabalho, familiar, escolar e, principalmente, dentro de si. Diante de vários casos, há várias pessoas que sofrem com sua autoestima baixa e consequentemente entram num estado depressivo, muitas vezes crônico. Nisso, pessoas próximas orientam da maneira que elas acham correta, muitas vezes, sem desejar, da pior forma. É raro encontrar alguém que nunca passou por situações difíceis, uma provável crise existencial ou sentimento semelhante, mesmo pessoas com as melhores condições de vida aparentemente, estão sujeitas ao que chamamos do mal do século, a depressão.

É fácil perceber em algum ambiente de trabalho alguém que não esteja feliz com seu emprego, que esteja com algum conflito familiar, que não esteja se saindo bem nos estudos, que vive se desentendendo com seu par amoroso e diversas outras razões, cada uma com sua peculiaridade. Em todos esses casos há um desgaste emocional incalculável que se não forem adotadas algumas mudanças em algum comportamento, entre as partes atingidas, os danos poderão ser irreversíveis. Por isso, é importante avaliar muito bem o que nos faz sentir com disposição para a vida.

O sentimento de impotência quando não conseguimos reagir aos tormentos que nos surgem durante nossa vida, em nossos relacionamentos como um todo, nos causa uma série de doenças que inevitavelmente estarão nos matando pouco a pouco. Por isso, a valorização própria é algo que precisa ser levado muito a sério, pois, senão nós, quem mais nos valorizará? Não importa o quanto algo ou alguém nos causou dor, precisamos encontrar o equilíbrio de alguma forma, ou esta dor irá nos consumir agressivamente, desde nosso corpo até a nossa alma.

Tenhamos amor-próprio para sermos felizes, pois sem ele não adianta cobrarmos o amor ao próximo. Não precisamos buscar algo que nos preencha, precisamos nos encher para que outro nos transborde, precisamos perceber que o que mais importa é nosso bem-estar, ter a consciência tranquila que o mundo é nossa casa e que somos pequenos diante da vastidão inimaginável do universo, ou seja, a humildade deve prevalecer em todos os quatro cantos, em todo momento de nossa curta vida.

Quem não possui amor-próprio provavelmente costuma estar infeliz por diversos momentos, reclamar de tudo e um pouco mais, sente-se desmotivado e, acima de tudo, doente. É difícil reconhecer em si mesmo problemas a serem enfrentados, principalmente admitir para as pessoas próximas. Com isso, as dores vão se intensificando e o sentimento egoísta vai imperando em seus pensamentos, até que a pessoa decida cometer algo no mínimo egoísta. Sim, egoísta! Pois diante de tantas referências, quando uma pessoa se encontra em um estado deplorável emocionalmente, a pessoa não raciocina e toma atitudes radicais, que muitas vezes não só a atingem como todas as pessoas em sua volta.

Devemos perceber que o sofrer é no singular, mas que a dor é no plural. Não há nada que pague uma vida sem amor, pois sem ele, não há vida.

Grupo Editorial
coerência

Esta obra foi composta na fonte ITC Legacy Serif,
tamanho 11,5 pt, e impresso em papel pólen bold 90g/m².
São Paulo, agosto de 2021